大学生『火車』を読む

フェリス女学院大学の挑戦 2

はじめに

フェリス女学院大学で読書運動を始めて二年目に、読書運動に連動して授業の中で読書を考える学生提案の授業が初めて持たれた。その年の「フェリスの一冊の本」が宮部みゆきとなったことに合わせて「宮部みゆきに現代を見る」という授業が開講されたのである。学生が提案して授業を展開するということ自体がフェリス女学院大学でも初めての試みで、やりかたなど決まっていないことだらけで、まさに手探りの出発であった。公募に応募して認められた学生たちのやる気たるや大したもので、自分たちのアイディアを掲げて、先生と交渉し、シラバスの作り方から始まって、綿密な打ち合わせのもとに授業が展開された。

学生のわがままな注文を受け、厄介な授業を引き受け、力を尽くしてくださったのがフェリスの卒業生で大学院の第一期生であった近代文学専攻の安藤公美先生であった。人望があり、懐の深い安藤先生は学生の気持ちを最大限反映させる授業展開をはかり、都市論・家族論・語り論・犯罪論の立場から宮部みゆき研究の発表を促してくれたばかりでなく、参考となる刑事さんの講演などの手配もしてくださって、実におもしろくて刺激的な授業を展開してくれた。

授業に参加した八〇人にのぼる学生すべてに発表の機会を与えてくれただけでなく、さらにその発表のレジュメを論文集としてまとめ、集大成する作業も学生を動員して成し遂げてくれた。これはその小冊子「現代のテクスト『火車』」の再録版に関係者の当時のふりかえりや講演録を載せたものである。

宮部みゆきは現代を代表するベストセラー作家として名高いが、その研究はまだ十分なものが出ているとは言い難い。ここに拙いけれど、意欲に満ちた学生の『火車』論を集成してお目にかけることとした。フェリスの読書運動の熱気を感じ取っていただければさいわいである。

尚、本書は、二〇〇八年度フェリス女学院大学の助成をうけて刊行されたものである。

（附属図書館長　三田村雅子）

目次

学生とともに読むという経験

「きみの物語を聞こう」――宮部みゆき『火車』

文学部非常勤講師　安藤公美

読者としての私たち、つまり読書する身体は様々に分節化されている。電車の中で頁を繰る人は、物語に没頭しながらも降りるべき駅を時々に意識しているだろう。物語内の登場人物に肩入れしたり、着信メールを確認したり、ふと幼い頃の追憶を呼び覚ましたり、読書する身体はまことに忙しい。しかし、読書とは、そのように分節化された身体を〈読む私〉へ有機的に結合していく行為でもある。文学テクストもまた、分節化された様々な事項を有機的に結びつけた一塊である。例えば、誰かが誰かを愛するようになるだとか、人が殺され犯人が捕まるだとか、ただそれだけのストーリーに、構造や表現の妙を加え、現代的な問題を含め、過去現在の多くの別テクストを鏤め、そうして一塊の読み物として仕上げる。有機的でありながら分節化し得るその豊富な鉱脈を探し当てるような読書行為は、「たかが……されど」の狭間《はざま》にまことに意義深い。

二〇〇三年四月、学生が自ら学びたいテーマを選び単位習得授業として成立させる「私たちが学びたいこと」という新しい授業が開講された。読書運動プロジェクトと連動した「宮部みゆきに現代を見る」が選ばれ、『火車』という一冊の本がどれだけ様々な読みを可能にするのかその試みともなった。学生が主体性をもち参加する、学生の多くの声が錯綜する場を理想とし、都市、社会問題、家族、ジェンダー、語り、作家など、学生は自ら選んだ発表テーマから、気付き、調べ、解釈したことを簡潔なレジュメとしてまとめプレゼンする。一方、聞く学生は、発表者の問いかけに真摯に応答し、疑問や評価をコメントシートに反映させる。一冊の本が、大学生という読者に如何に働きかけたのか、同時に大学生の読者が一冊の本に如何に働きかけたのか、本書はその好例を示すものであろう。

無縁と思われた処に関係性を見出す創造的行為こそ、〈読む私〉の醍醐味である。『火車』に登場する家族が、血縁や年齢など以上に関係性を優先させていることに注目し、新しい家族観の提出を読む学生がいた。「クレジット社会」「戸籍法」など現代の諸問題を直接的に扱っているテクストから、社会に組み込まれている欲望のシステムに気づき、アイデンティティに関わる虚実など問題領域を広げた学生がいた。また、物語において一九八九年が重要な年であると気づいた学生もいた。本間刑事の妻の死、彰子の母親の死、そして喬子の最初の殺人というテクスト中では夫々ばらばらに置かれたエピソードが、この気付きから収斂する。さらに、銀座という都市に二重性を読む学生も現れた。カード破産に進む欲望を掻き立てる都市である一方、弁護士事務所があり自己破産という手続きをする救済される都市ともなるからである。「一冊の本をこれだけ多角的に見られるとは新発見だ」毎回のコメントシートには、他学生の気づきに驚き、新たに構築された『火車』の世界像に喜ぶ姿が鮮明に刻されている。世界は関係性に満ち充ちている。それに気付くテクストとして、『火車』は〈現在の教科書〉に相応しい、これもまた多くの学生の声であった。

小説の最後で、本間刑事は今まで三人称を用いて説明してきた喬子に、「きみの物語を聞こう」と突然二人称で語りかけている。殺人犯であった喬子は、第二のターゲットとした木村こずえに律儀にも本名を名乗っているのだが、それは丁度、読者が物語を読み始めた時期でもある。読者が果たして彼女は誰なのかと詮索をしていたその読書の時間こそ、彼女が本名「新城喬子」として生きた時間ということになる。不在であった主人公の登場と同時に「きみの物語を聞こう」というところでテクストは閉じる。この結末も「これでいい」、「先が知りたい」と評価が割れ、その評価の分裂自体がそれぞれの〈読む私〉のミステリの期待の地平の在処を教えてもくれたのだが、それにしても本名とは何だろう。ゲストスピーカーとして元警視庁勤務の田中弘行氏来訪の折、「『火車』の様な事件は起こりうるのか」との学生の問いに、「或る前科者が過去を隠して心機一転人生をやり直す気持ちで、結婚して養子縁組したのです。養子になったのは、名前を変えれば、過去も隠せると考えたことでした。

しかし昔の癖が出てしまい悪いことに手を出しました。天網恢恢疎にして漏らさず。一発で見破りました。」と話した。『火車』は、看板小説である。看板とは、本体を簡単に代表させる媒体のこと、他人の名前を騙るとは、まさに人の看板を盗む所業だが、彰子がカード破産に陥った原因でもある、少しだけ良い生活をしたいという欲望も看板の塗り替えに過ぎない。看板化する生活を炙り出し、分節化された私の再構築を、読書は促す。

「本の『火車』が懐かしい」とは、テレビドラマのテープ起こしをした学生の忘れ難い言葉だが、〈読む私〉が生きる帰るべき故郷は一冊の本である。授業と本と〈読む私〉によるそれぞれの〈きみの物語〉が、本書には紡がれている筈である。

大学生『火車』を読む

凡例

一、本文における『火車』の引用箇所に付された頁数は、文庫版（宮部みゆき『火車』新潮社一九九八年刊行）のものである。

一、本書の、学生の論文集という性格にもとづき、内容等、誤字脱字をのぞいてほぼ当時のものを掲載している。

関根彰子にみる都市空間——消えかかる『火車』の足跡を追う

合澤早希

はじめに

ミステリーの定義とは、「神秘的なこと。不可思議。なぞ。怪奇・幻想小説を含む、広い意味での推理小説。」（三省堂国語辞典第四版より）である。ミステリーの中に登場する人物もミステリアスなことが多い。もちろん関根彰子も例外ではないのだが、彼女はあまりにも現実的すぎる。現実的すぎてミステリーに出てくる人物としてはミステリアスと言うべきか。正にそこが、関根彰子の魅力だと思っている。『火車』に登場する新城喬子は悲劇のヒロインとして人気を博しているが、彰子は喬子によってあらかた人生の足跡を消されてしまうのだ。どうして彰子にはスポットが当たらないのであろうか。小論では、彰子の消えかけた足跡を追い、消されてしまった足跡を浮かび上がらせ、関根彰子が存在した都市空間を明らかにするのが目的である。

第一章　彰子という女

関根彰子は一九六四年に宇都宮に生まれた。この年は東京オリンピックが開催され、日本中が活気に満ち溢れた時代だった。新宿に回転寿司店第一号が、六本木にサーティーワンアイスクリームが次々とオープンしたのもこの頃である。一九六〇年代はまた、科学の時代でもあった。『火車』のメインテーマである、クレジットカードがでてきたのも一九六〇年代である。幼少時代、彰子は宇都宮で過ごした。宇都宮はおろか、東京でも、まだまだ当時の女たちが自由に働きにでる社会にはなっていない。しかし、『火車』の中では彰子の父は彰子が少なくとも幼い内に死亡したことになっていて、淑子は仕事をしていたことになっている。この時代、女が働く環境は整っていたとは思えない。つまり、宇都宮で必死に淑子の働く姿を憧れの眼差しをもって彰子が見ていたとは到底思えないのだ。幼少時代の彰子は、母親に憧れを抱くのではなく、母親と正反対の女性に憧れを抱いていたに違いない。そんな女性は夢を見る。「自分が大人になったときどんな大人になりたいか……」彰子が人よりも大きな夢を見ていたとしても、それは仕方のないことかもしれない。そして彰子は現実に夢を叶えるのではなく、幻想の中で夢を叶えようとしたのだ。人はかわいそうと言うだろう。しかし、一瞬でも夢を叶えた、夢の実現に近づいた彰子の満足感・優越感を、私は理解できるのである。

第二章　彰子をとりまく家族

家族とは同じ家に住む親子・兄弟のことを言う。（三省堂国語辞典第四版より）この定義は、近年薄れつつある。「家族はどこにいても家族」というあり方は社会が変化した為に生まれたものである。核家族化が進み、彰子も父母が死ぬまでは家族三人、もしくは二人で住んでいたと思われる。しかし核家族化が進んだからといって家族が崩壊したと言うことでは必ずしもない。『火車』の本間家族、井坂夫婦が良い例である。彰子は両親がそろっていることであるとか両親がやさしいであるとかそういった家族を求めていたわけではないと思う。ただ当たり前のやさしさ、暖かさを求めていたのだ。彰子は喬子のように探してもらえる人がいなかった点からも彰子の心情は家族のやさしさ、暖かさに飢えていたのではと推測できる。もちろん本多保はしいちゃんのことを心配していたが、自分の家族のために心配を行動に移すことはできなかった。この点でいえば、彰子は家族がいなかったから、探してもらう人もいなかったということもできるのではないだろうか。喬子はもうすぐ結婚して家族になる予定だった栗坂和也がいた。このことが、彰子と喬子の決定的違いであると共に、本文に何回も使われる二人の人生の転換期だったのである。

第三章　都市のイメージ

この章では都市のイメージと『火車』とのつながりについて論じていこうと思う。そもそも都市とはなんなのか。「都市」と辞書で引くと「都会・都」（三省堂国語辞典第四版より）とある。「都会」と聞いてまず人がイメージするものは「東京」であろう。では「都会」と引くとどうなるか。「人の多いにぎやかな土地。」とでる。これは納得である。人のイメージの恐ろしさを実感させられる。彰子を中心に見る『火車』では、都市、東京とそれを取り巻くように宇都宮・川口が北へ北へと伸びている。なぜ北なのか、なぜ宇都宮・川口なのか、そしてなぜ東京の下町なのかを地名ごとに区切り論じていく。

宇都宮　なぜ、彰子の実家が宇都宮でなければならなかったのだろうか。『火車』二六七頁で東京から宇都宮は近すぎ、また遠すぎるという表現がある。彰子は故郷、宇都宮に良い思い出を持っていない。しかし、母がいる宇都宮は少なからず愛着があったのではないだろうか。どこにも行き場のなくなった彰子の心情は自然と宇都宮に傾いていったのもうなずける。「宇都宮」の地名は、藤原宗円が二荒山神社の社号「宇都宮」を氏とし、鎌倉幕府の中枢にあって、治政をあげたことに由来するといわれている。もちろんこの説が正しいのであるが、『火車』に即した解釈をすると、「宇都宮」は名の通り、「都にある皇族が住む宮」である。「宇」は「ウ」という音で家の「のき」を指す意味があるため、彰子にとっての故郷のイメージとぴったり合致する。つまり、帰る土地はあるけれども、彰子の人生を振り返って、決して誇れるものではない。でもホッとできる宇都宮の端っこ、つまり軒先にでもいれてもらえるかなという彰子の心情を表した土地といえるのである。

葛西

彰子が移り住んだ一九八三年は東京ディズニーランドがオープンした年でもあった。二〇〇三年現在、葛西は臨海公園などで、活気づいているが、一歩裏道に入れば、そこはまだまだ人情が飛び交う下町である。彰子は葛西通商で事務員として働き、葛西の社員寮で暮らすこととなる。第一章でふれたように彰子の中の憧れの生活は、夢が叶う東京にきても、叶うことはなかった。近くに見えるディズニーランドのシンデレラ城は、彰子の心を揺さぶったに違いない。自分はシンデレラなんだ、きっと将来は幸せになれる、と。幻想の国であるディズニーランドという空間が彰子のカード暮らしの引き金となったと私は考える。

錦糸町　秋葉原から総武線で二駅の場所にあり、東京都墨田区になる。駅前は栄えているが、一歩横道に入ると、閑静な住宅街が続く。東京丸の内まで一〇分で行けるが、下町風情を残すギャップのある土地と言うことができるだろう。そんな錦糸町で彰子が住んだのは、「キャッスルマンション」であった。キャッスルとは英語で「城」の意味であり、城と言えば前述のシンデレラ城もまた、城である。彰子がシンデレラ城を見て幻想の世界に浸り、錦糸町の「城」に引っ越したことは「家に対する憧れ」であると思う。また、葛西の「社員寮」に住んでいるのと、錦糸町の「キャッスルマンション」に住むのでは地方からみた憧れの眼差しが違う。現に宇都宮の母が住んでいたのはキャッスルではなく、あかね荘である。最近はどう見てもパレスに見えない古いアパートを「〇〇パレス」と呼んだりしても、地方にもそのような名前のアパートやマンションが出てきて大して驚かれることはない。しかし、二〇年前の宇都宮で上京した娘が「キャッスルマンション」に住んでいるというのは自慢の娘ではなかったのだろうか。そして彰子自身も少しは満足を覚えたのではないだろうか。しかし、ここでの暮らしも幻想でしかなかった。彰子はカードの使いすぎにより破産に追い込まれていく。

川口　一九八九年免責が決定した彰子が移り住んだ土地である。東京から離れた理由はやはり破産であろう。シンデレラに憧れた彰子も、幻想が幻想であったことを知り、目が覚めたからである。しかし、なぜ彰子が選んだ土地が埼玉県川口市だったのだろうか。まず、線路がつながっていて、一本で故郷、宇都宮に帰れるということがあげられる。距離的にも、東京~宇都宮間が約一一〇キロであるのに対し、川口~宇都宮間は約九五キロと一〇〇キロを切っている為、心理的にも近く感じられるだろう。破産した後の彰子は、母のお墓がないこと、故郷の小学校にいた十姉妹のピッピのことを喬子に話している。気弱になり故郷を思い出すことが増えたことも川口を選んだ理由の一つである。

第四章　空間における人間模様

空間はその空間の雰囲気に左右する。彰子が通った宇都宮市内の小学校・中学校の雰囲気、彰子が働いていた葛西通商の職場の雰囲気、そして破産に追い込まれた彰子が駆け込んだ銀座の法律事務所、新橋のスナック、みどり霊園……どこをとっても人とコミュニケーションをする場所である。ただし、そのコミュニケーションをとる相手は場所によって様変わりする。ここでは、彰子が訪れた法律事務所を例に挙げてみることにする。法律事務所は、普通の生活をしていれば縁がないというか滅多に訪れることのない場所である。そして決して良いことではない理由ばかりのため、入るのをためらう場所でもある。だからこそ「火車」の中でも七〇頁で「安心して入れる雰囲気」と書いてある。空間の雰囲気だけではない。受付の場所、応接室のソファーの座り心地、机の配置など、どれか一つが欠けているだけで、まただれか一つが増えているだけで、コミュニケーションが取りにくい空間になってしまう。七九頁に「バカバカバカ」という落書きが残っているという記述がある。誰かがこんなところに来ることになった自分を嘆いたのか、こんなところに来るんじゃなかったと後悔の念を持って書いたかはわかりかねるが、自分が空間での存在場所を見つけられなかったということを、示しているのではないだろうか。一つの空間に何人もの人間が存在し、互いに協力しあったり、牽制しあったりしていると、その空気そのものが空間の雰囲気になって現れる。そして、必ず人はそこがどんな場所であろうとも、自分の位置を測ろうとするのである。空間の中での人間模様は『火車』の中で極めて重要な役割を担っている。

第五章　彰子と東京

関根彰子はなぜ東京にやってきたのだろうか。それは、だれもが抱く東京幻想によるものであろう。東京には何でもある。欲しいものが何でも手に入る……確かに今でも東京はトレンドの発信地であり、新しいモノが次々に生み出される都市である。が、すべて手に入ると思うのは大きな間違いである。東京もまた日本の一都市であってほんの少し抜きん出ているだけなのだ。ただ、東京という都市が他の都市と違う点は、東京そのものを薄いベールで覆ってしまい、外から見た東京は美しい世界にしか見えないということである。これは幻想でしかないのに、地方出身者の彰子は現実だと思ってしまったところに大きな落とし穴があった。しかし、彰子は落とし穴に引っかかったが、東京下町という都市空間のおかげで戻ってくることができた。現実が見えてきたのである。東京は都市と言いながら、そのすべてが都市であるわけではない。東京に憧れを持った人を幻想の中に包み込む都市と、幻想から現実に戻ることができた人を受け入れる郊外の役割である下町との二面性を持った都市なのである。

まとめ

関根彰子は宮部みゆきの『ブレイブ・ストーリー』や『ドリームバスター』のように現実世界から幻想世界に足を踏み入れた女であった。しかし入った場所も現実世界だったがゆえ、彰子はクレジットカードに人生を狂わせることとなる。喬子という女に人生の足跡を消された彰子だが、彼女は自分のたどって来た道をすべて喬子に見せたわけではなかった。足跡を消しながら歩んできた道もあったということだ。彰子は一見すると幻想都市、東京の中で自分の足跡を消して歩んできたように見える。しかし、幻想の中でもがき苦しんだ痕は、関根彰子と関わってきた人にははっきりと見えるものだったのである。それを知らずに同じ幻想に侵食されたのは喬子だけだった。都市空間が二人の女の人生を狂わせる要素を含んでいたことは間違いない。

参考文献

朝日新聞社文芸編集部『まるごと宮部みゆき』（朝日新聞社　2002, 8）
北田暁大著『広告都市東京』（廣済堂出版　2002, 11）
伊藤毅著『都市の空間史』（吉川弘文館　2003, 2）
http://transit.yahoo.co.jp/（ヤフー路線図）
http://www.city.utsunomiya.tochigi.jp/（宇都宮市ホームページ）
宮部みゆき著『ブレイブ・ストーリー（上）（下）』（角川書店　2003, 3）
宮部みゆき著『ドリームバスター』（徳間書店　2001, 11）

都市空間と人間関係——新城喬子の理想とする土地

髙橋由華

宮部みゆき『火車』には、新城喬子という一人の女性が登場する。この新城喬子こそ、両親の破産に端を発し、結婚そして離婚、最後には他人の身分を騙り生活するという非常に数奇な運命をたどった人物であったのである。新城喬子は常に何かに追われていた。つかの間の幸せを得た瞬間や、新しい人生を歩みだした後も、一人の女性が背負うには余りに大きい荷を常に背負い、追われていたのだ。そして、追われている身である新城喬子は常に逃走を続けていた。その中で様々な土地や空間にたどり着いていた。そして、各地で様々な人間関係を築きあげてきた。『火車』の作中には実に様々な土地が登場する。それと同時に非常に多彩な人間関係が描かれているのである。小論ではその土地と人間関係にスポットをあて、都市空間の持つ特色と新城喬子の人間関係の関連性を見出すことを目的とし、最終的には新城喬子が理想としていた都市空間、そして人間関係はいかなるものであったかを導き出したい。

一

新城喬子が生まれ、十七歳まで過ごした土地は福島県郡山市であった。つまり人生の大半を福島県郡山市で過ごしたことになる。郡山市を出た後の新城喬子は様々な土地を渡り歩いていたため、郡山市は新城喬子が最も長期間滞在した土地であった。

そうであるにもかかわらず、郡山市で過ごしていた青春時代、新城喬子が何を見て、何を感じていたのかは作中にはほとんど描かれていない。新城喬子の人生において幸せに満ち溢れていた時期というのは無いに等しい。常に不幸と隣り合わせにあった新城喬子の人生、郡山市はその不幸の発端とも言いかえることが出来る。「嫌なことは忘れてしまいたい」そう思うのが人間の情である。新城喬子も例外ではなく、苦しかった記憶と共に福島県郡山市という土地を記憶の奥底に閉じ込めていた。だからこそ敢えて口外することもしなかった。それが新城喬子の足跡を探っていた本間俊介の耳にも新城喬子とかつて結婚していた倉田の口から、それも一家離散して郡山を離れた、という実に簡潔な事実としてしか告げられていないことにつながっているのであろう。思い出すことすら苦痛であり、人にも話したくない。新城喬子にとって消したい過去の象徴のような存在である郡山市に彼女はその後も訪れていない。それどころか、関根彰子の故郷である栃木県宇都宮市以北に新城喬子は足を運んでいないのである。

この郡山と言う都市で新城喬子がどのような人間関係を持っていたかは『火車』作中では明らかにされていない。しかしながら、本間が辿っていくべき足跡が郡山市には無かったことから、この都市で新城喬子と親しく付き合っていた人は存在しないのではないかと考えられる。また新城喬子の母親は死亡、父親は行方不明なことから、郡山市を基点とする新城喬子の人間関係は皆無であるのではないだろうか。

東北地方の冬は雪で閉ざされる。また、どこか物悲しげな雰囲気を持っているが、その物悲しさを雪が閉じ込めている。このようなイメージを持つ土地である。住宅ローンの返済に追われ、逃げるようにして飛び出した郡山という町は、新城喬子にとっては消したい過去そのものだったのであろう。

二

福島県郡山市を追われた新城喬子は、借金取りから逃げるために各地を転々とした。その末にたどり着いたのが三重県の伊勢市であった。この地で新城喬子は恋愛そして結婚をし、わずかではあるが幸福と安息を手に入れている。新城喬子は、恋愛の末結婚をした倉田康司のことを純粋に信頼していただろう。そしてその姿勢は、素直に頼られることを好む倉田康司の心をも奪っていた。

三重県伊勢市には伊勢神宮がある。伊勢はいわば神様の町だと言える。神宮があるだけでなく、民家や家にもしめ縄が存在し、新城喬子はそれをとても面白がっていたというエピソードも『火車』二十三章に記されている。新城喬子が新城喬子として生きていた中で唯一、幸福を得ていた伊勢。そこは神のいる町だったのである。そこにいれば神が守ってくれる、という一種のげんかつぎ的な要素もこの伊勢という都市には含まれている。新城喬子自身が担ぎ屋であるというエピソードも伊勢という土地だからこそそのものであろう。「神のいる」町であり、町全体で神を奉っている伊勢、だからこそ新城喬子がわずかながらの幸せを得る土地として描かれているのだと考えられる。

そして、新城喬子は前述したように、伊勢市で結婚生活を送っていた。夫である倉田康司を始めとする新たな家族を新城喬子は手に入れていた。本文中に

「喬子は可哀想な嫁でした。」（二二章）

「喬子には気の毒なことをしたと思っています。それは、もう、本心からそう思っています。」（二二章）

と倉田の母が言う場面、また

そういう言葉に反応するだけの感情を——うしろめたさを、喬子という女に対して抱いているのだろう。（二二章）

と倉田康司の行動に関して本間が考える場面が描かれている。これらから倉田の家族は新城喬子に対して一種の後ろめたさのようなものを感じていることがわかる。この後ろめたさは、借金取りからは逃げ切ったと思ったが、現実はそうではなくそれに苦しむ新城喬子を助けられなかったことから来ているのであろう。そして、新城喬子を愛し結婚した倉田康司でさえも新城喬子が背負っていたものを共有することは出来なかったのである。それどころか、それから逃げてしまったのだ。それによる後ろめたさは現在も倉田康司及び彼の母親の中に残っていた。それを受けて新城喬子はどのように感じていたのであろうか。新城喬子自身が結婚生活についてその口で語っているという場面は存在しない。しかし、倉田康司との旅行中に今自分の置かれている幸せな環境を喜んでか涙を流すというシーンが描かれている。新城喬子は、幸せだったのだ。過去を捨て、自分の過去をも一度は受け入れてくれたかの倉田康司という男を一心に信頼し、愛していた。その結婚生活が自分の背負っていた過去が原因で僅かな時で終わろうとも、一度抱いた倉田康司への思いは消えることが無いだろう。しかし、それと同時に新城喬子は知ってしまったのだ。自分の過去を受け入れてくれたかのように見えても、本当に受け入れてくれる人は存在しないであろうことを。

神の住む町、三重県伊勢。この地で新城喬子は神の存在をどのように捉えたのであろうか。一時の幸福も、そして感じたくなかった現実も神の住むこの町で、体験した。そしてその後、人の戸籍を乗っ取ることを考えるきっかけとなったのも伊勢での離婚が下地となっているのではないだろうか。自分が「新城喬子」として人並みの幸せを掴み生きていくことを諦めるきっかけとなった土地が、惜しくもこの伊勢となった。

三

日本には中心となる大都市が二つある。その二つの都市は常に対照的なものとされ、また異なる特徴を持っている。この二つの都市こそが新城喬子が他人の名前を名乗ることを画策し、そして実行した大阪と東京なのである。

大阪に関しては

持ち前の色合いを失わない町
「大阪って町はおもしろいね。東京とは全く別次元にある都市だという気がした。（中略）こういう中心地の中で、通り一本渡ると、怪しげな歓楽街があったりする。」（二〇章）

と書かれている。大阪という都市は陰陽両方の要素をうまく持ち合わせているのだろう。そして、多種多様でありながら非常に濃いカラーを持つ大阪の路地を入ったところに存在する陰の部分を新城喬子は利用していた。多くの人口を抱え、様々なカラーを持つ大阪で一人の女性が悪巧みをしていたところで、誰が気付くことがあろうか。大阪ほど新城喬子が戸籍の横領を画策し、その準備をするのに都合のいい土地は無かったであろう。そしてその思惑通り、新城喬子は就職先のローズラインで顧客名簿から自分のターゲットを探し出すという計画をやってのけたのである。

大阪滞在中の新城喬子は東京の新聞を取っていた。東京で何が起きているのかを随時観察し続けていたのであろう。そして、関根彰子を名乗り、新城喬子が生活を始めたのが東京都であった。中でも新城喬子の勤めていた今井事務機は東京でも中心部に位置し人口も多く、大企業も多い新宿にあった。新城喬子が働いていた今井事務機は新宿では消えてしまうぐらいの小さな会社である。それが新城喬子にとっては却って良かったのではないだろうか。関根彰子という他人の名前を名乗って生活していた新城喬子は、そのことが他人に露呈することを恐れていただろう。何かあったときにすぐに身を消せるように準備していたとはいえ、怯えや後ろめたさはあっただろう。しかし、大都市新宿はそのような気持ちすら覆い隠し、消し去ってくれる。新宿という都市を新城喬子は隠れ蓑にしていたのではないだろうか。

大阪と東京、この全く異なった二つの大都市で、新城喬子には恋愛関係にある男性がいた。大阪ではローズラインの同僚である片瀬秀樹そして、東京では本間俊介に関根彰子の捜索を依頼した張本人栗坂和也がその相手である。新城喬子は自分が自分である限り、人と対等に恋愛をすることや、付き合っていくことを諦めていた。そのため、同僚以上の関係であった片瀬秀樹にも多くを語らず、そのうえ決して自分についての詮索はさせない形でローズラインを退社している。また、名古屋で姉同然にしたっていた須藤薫の前からもまるで消えるように姿を消しているのだ。新城喬子である限り、逃れられないものを背負っていた彼女は、新城喬子として、人と深い付き合いをすることを自分から絶っていた。しかし、彼女は関根彰子に成り代わった。多少の後ろめたさはあるため、必要以上の人間とは付き合わないが、幸福な未来を夢見て栗坂和也との交際を始めた。恋愛から交際に発展し、そして結婚。女性であれば誰でも憧れるそれに新城喬子は人一倍憧れていたことだろう。彼女は平凡な幸福を願ってやまなかったはずである。栗坂和也は自分の婚約者が姿を消した際に「信じられない。そんなことがあるはずが無い」といっている。それからも分かるように、そのときの新城喬子はまさに幸せそのものだったのである。人の名前を名乗ったことにより、過去を捨て、新たな未来を築くことが出来た、という思いに満ち溢れていたに違いない。しかし、その幸福も関根彰子の自己破産を栗坂和也から告げられることによって、破壊されることになった。新城喬子は、大都市東京のどこかに身を潜めたのだ。

四

新城喬子は、『火車』作中で実に多くの土地に足を運んでいる。しかし、彼女自身が理想とする土地に辿り着いてはいない。つかの間の幸福こそ何度か手にしてはいるが、それが続くことが無いのである。そしてその原因は常に自分自身の背負った過去であった。これまでに新城喬子が生活した土地として、福島県郡山市、三重県伊勢市、大阪府、東京都（新宿）の四カ所とその土地に関する新城喬子自身の人間関係をあげてきた。しかし、この四カ所を始めとする新城喬子が訪れた土地の中で彼女が住み着いた場所は存在しない。新城喬子はいったいどのような土地を理想としていたのであろうか。

新城喬子が理想としている空間の条件は二つあると考えられる。まず一点目としては、過去から逃げられる場所。そして二点目は、自分が幸せになれる場所であろう。これらを求めるために、新城喬子は今までも各地を転々としてきたのである。そして、新城喬子は過去との訣別、そして過去から逃げ切るために他人の身分を語るという方法をとった。関根彰子がカード破産者であったため、ターゲットを変えようとしていることからも、過去からの逃亡方法としては他人の身分を語り続けることであろう。しかし、その後彼女はどこへ行くのだろう。新城喬子の理想とする幸せな土地はどこにあるのだろうか。関根彰子と名乗ってからの新城喬子は東京に暮らしていた。「情報や人に溢れている」という東京の持つ特徴で、自らの身を隠していたのだ。他人の名を語っている以上堂々と暮らしていくわけには行かない。自分の持つ過去もいつ暴かれるか分からない。しかし、幸せになりたい。

新城喬子が他人の身分を騙り続ける限り、『火車』に描かれたような、「自分が新城喬子だと露呈してしまうかもしれない。」という恐怖は付きまとう。まるでいたちごっこのようにそれから逃れることは出来ないのだ。作中、関根彰子が「ただ幸せになりたかっただけなのに」と言っている。新城喬子も関根彰子同様ただ幸せを追い求めているだけなのだろう。ひたすら追いかけても、それは掴むことの出来ないものなのかもしれない。しかし、新城喬子は幸せを追い求める。

新城喬子の何よりの理想郷は「幸福」と「安息」に満ち溢れた場所であろう。しかし、そのような場所は存在しないことを新城喬子は知っている。しかし、栗坂和也や倉田康司と過ごしたような一時の幸福なら、求めることが可能であろう。しかしその幸福なときが過ぎた後には、相手に自分のことを忘れてもらう、という絶対条件が存在する。情報過多なこの時代、消えた人間のことを忘れることは案外簡単なことである。だからこそ、情報に溢れていて人口も多く、そしてどこか混沌としている場所こそが現在の新城喬子の理想とする土地なのではないだろうか。

現代文化の問題点――宮部みゆき『火車』における都市空間

森千裕

宮部みゆき『火車』は綾瀬から物語が始まり、銀座で物語が終わる。この始まりから終わりまでの物語の過程の中で、実に多くの土地や空間が描かれている。これらの土地や空間が登場人物とどのような関わりを持っているのか、また作品において土地や空間はどのような意味を持っているのかを考察していきたい。

一

まず、本間俊介に関わる土地名、場所においてそれらの土地の持つ意味、言い換えれば宮部みゆきがその土地にどのような意味を持たせたか、ということについて考察していく。休職中の本間が久しぶりに職場に顔を出したその帰り道……という場面から始まった物語の舞台は綾瀬である。綾瀬といえば千代田線と常磐線とのちょうど境目にあり、千代田線は綾瀬を起点として赤坂や表参道といった都会へ向かう路線で、常磐線は綾瀬を起点として松戸や我孫子といった千葉方面へ向かう路線である。『火車』では休職中の本間が久々に職場に顔を出したが、「留守番役の係長が、死人が生き返ってきたといわんばかりに大げさな歓待をして、暗黙のうちに（早く帰れ）と促してくれた」ことで、自分のポジションがなくなってしまうかもしれないと感じ、弱気になっている。この場面では、これまで一線で活躍していた本間が休職することになり、これまであったものがなくなった、男の寂しい背中が思い浮かぶような場面である。しかもこの場面の場合、単に綾瀬が設定されているだけでなく、綾瀬から常磐線で亀有、金町……と千葉方面に下っている。都会から郊外へ下ることと本間が職から離れるということが比喩的に表されているように思う。

次に関根彰子に関わる物語での土地や場所の意味がどのようなものかを考えると、彰子が生前、自己破産を宣告したことを証明する文面の初めに彰子の住所が書かれていたがその住所は「東京都墨田区江東橋四の二の二キャッスルマンション錦糸町四〇五」であり、「キャッスルマンション」という言葉が後に彰子になりすます新「城」喬子の登場を暗示しているかのように思える。また、「四の二の二」という不吉な数字もこれから起こる不吉な事件を匂わせているようにも思える。また、彰子は宇都宮から上京しているが、宇都宮という土地は上野から約一時間で行くことができ、栃木での都市ではあるが、東京の渋谷や新宿と比べると郊外である。しかし、新幹線も通り、田舎ともいえない。この微妙な距離感が彰子の若くして殺された短い人生とその彼女の人生の中身や、中途半端さをそのまま表していると思う。さらに彰子に関わる場所として伊勢があげられるが、借金取りから逃れたいと思う彼女にとって、伊勢神宮という神社がある場所は神聖で時間の流れが感じられない。つまり、借金という喧騒から一瞬でも逃れられる理想の場所である。借金から逃れたかった彰子にとって伊勢は幻想の楽園だったのかもしれない。

次に、新城喬子を中心とした土地をめぐり考察していく。新城喬子に関わる場所を挙げると、江戸川区葛西といった、ディズニーランドが見え、喬子が望んでいた幻想の世界にひたれる場所や、彰子になりかわった喬子が働いていた今井事務機がある新宿や、物語の終わりの土地である銀座など、本間や彰子に比べると都会感が強調されているように思う。新宿は複雑な大都会の中で一人一人のアイデンティティをものみこんでしまいそうな場所である。また、物語の最後の舞台となった銀座は老舗も立ち並ぶ一流地で、新宿同様に人と人が複雑に行き交う街である。お金関係に困っていた喬子にとって銀座という街は高級クラブや高級なお店がたくさん存在し、一日で多くのお金が動いている銀座は憧れの街で、彼女にとってはまるで幻想の世界である。捕まる最後の舞台が銀座という幻想の世界にいる中、保が喬子の肩に手を置くことで現実に戻させたのだろうと思った。また、そのような効果をねらっての設定だったのではないかと思った。このような都会的な場所に、つまり、物語の都会を舞台に喬子を設定したところに宮部みゆきにはどのような意図があったのかを考えてみる。

二

都市とは、さまざまな人々を多く引き寄せ、交流させる結節点のような場であり、また、都市の特徴として接触可能な人口が量的に大きく、そして異質的である、ということがいえる。都市にそういった異質性があるからこそ、相手と話したり、物事を凝視したりして「理解する」というよりも、人や物をその「見た目」を通してコミュニケーションするようになった。そこから見る—見られるの関係が出来上がり、都市は異質な人々が集まる場所での舞台としての機能を持ち始め、人々がイメージに沿うように求められるようになっていった。例えば、代官山ではいわゆる裏原系の格好をしている人がほとんどで、そこにもし、巻き髪にキレイ系なワンピースにピンヒールといったテイストの違う人がいれば浮いてしまうだろう。浮いてしまわないように人々は、都市という舞台の中で演技するのである（この場合、代官山に来る時は裏原系ファッションを意識すること）。フェリスにおいても、校門の前で何か配っていても、前にいる人がそれをもらっていなければアルバイトの人に悪いと思いながらも私も避けてしまうことがある。これも先に述べたものと同じ原理で、見る—見られるの関係からその空間のイメージを壊さないように振る舞う（演技する）ことが、ますますその舞台（劇場空間）の色を強調していくのである。これが都市の色が形成される仕組みである。これを踏まえたうえで、新城喬子の舞台がなぜ、新宿や銀座という都市に設定されたのかを考えると、都会である東京という場所は田舎や郊外よりも物が溢れ、可能性が多く眠っていて、多くの情報を取り入れることができるような楽園的イメージが定着しており、単に喬子の欲望や夢を手に入れるための、手段としての都市として設定されたものかもしれない。しかし、都市を見る—見られるの関係が成り立つ都市としての視点から見ると、もう一つの土地の意味が見えてくる。

先も述べたように、都市はさまざまな人々を多く引き寄せ、交流させる結節点のような場であり、都市の特徴は接触可能な人口が量的に大きく、そして異質的である、ということがいえる。そして、そういった異質性があるからこそ相手とはなしたり、物事を凝視したりして「理解する」というよりも、人や物をその「見た目」を通してコミュニケーションするようになったのである。「見た目」は都市においては表面的な記号といえよう。都市では表面的な、表層のみを受け入れ、表面的な記号を介したコミュニケーションをとっているが、これは、人と人のつながりを希薄にしている原因であると思う。人と人のつながりが希薄になっている現代では、喬子という知られては困る過去を背負った人でも表層のみを受け入れコミュニケーションしている都市が住みやすい場所であった、と考えることができるのではなかろうか。喬子はその「都市化」の波に埋もれてしまってアイデンティティが主張できなくなってしまったのではないか。なかなか喬子が捜し出されなかった理由の一つに、都会のアイデンティティをものみこんでしまうような都市に喬子がいたからである、ということが関係しているように思う。

三

今日では頻繁に「今や情報化社会の時代……」と言われているが、実際はＯＥＣＤ加盟国（世界の全体の一六％）の人間だけが全体の五分の三の富をにぎっていて、その一六％の人間が電話回線の七割を使用しているというし、有限である無線通信帯域の九〇％を一六％の人間が独占している。これからもわかるように「情報化社会」や「グローバリゼーション」などと騒いでいる人間は一部であるのにもかかわらず、流された表層の情報がすべてであると過信してしまっている。私たちはいかに、表層しか見ていないということがわかる。新城喬子を最後になるまで見つけ出せなかったのも、現代社会やそこに生きる人間の関係が都市における記号による（表層で判断する）コミュニケーションにより希薄なものとなっていたからであると思う。私は『火車』を通して現代における人間関係の希薄さに気づかされたような気がする。

参考文献

井上俊編『新版　現代文化を学ぶ人のために』（世界思想社　1998, 11）
「現代文化論」プリント
情報科学の授業ノート

都市の「無意識的魅力」――『火車』の都市論

竹田克枝

宮部みゆき『火車』は、東京のはずれ、下町の綾瀬で始まり、東京の真ん中、華やかでおしゃれな街、銀座で終わる。物語では「亀有、中川、金町、水元、新宿、方南町、新橋、茗荷谷、渋谷」等の東京の地名が登場する。それぞれの土地柄、イメージは異なっていようが、あえて一つの塊とし、大都会の中の分子と称し、「大都会」の中にうごめくとらえどころのない「不可解なもの」を追求したい。「『名前』を取られた女性」関根彰子、「『名前』を取った女性」新城喬子の二人（あるいは一人）。ここでは当時（その時点で）「関根彰子」と呼称していた人物として論じていく。

一

『都市の魅力』で「大都会の魅力の最も端的な度合いは、人口量で示すことができる。一

○○万都市それだけで、一〇万都市の魅力、五万都市の魅力とは、質的に次元の違う魅力を豊富に持っていることになる。」とし「人が多数集まっている」ことは、人間にとって何よりも大きな魅力であり、集まった人が施設を要求し、施設がまた人を引き付ける」といったことから「人口集積そのものが魅力となり、魅力が魅力を生む」と記している。著者が述べているように「大都会に人が集まる」表面的理由では経済的側面からの「意識的魅力」、本能的に都会の魅力に惹かれてくる「無意識的魅力」がある。

人が大都市に惹かれるのは、この二つの魅力のどちらか一方というのではなく「二つの魅力」が必要に応じて配分されているのではないか。だから個々の人間のニーズにより微妙に異なってくる。決して大都市に集まる人々が同じではない。そして、その受け皿となる「大都市」も一様ではない。Aを「人」、Bを「大都市」とすると、A＋B＝ABにならない。AはA´もいればA″もいる。Bは多様でありながら、Aによっても変化するものであり、公式に表すならば「A×B」となる（A、Bは多種である）。

二

「関根彰子」は高校卒業後「宇都宮」から東京、「江戸川区葛西」の社員寮へと上京する。

彼女は、「就職」という経済的側面からの理由で「大都市」東京に惹かれたばかりでなく『東京』へ行けば何かいいことがあるかもしれない、幸福になるかもしれない」とした「本能的都会の魅力」に惹かれた部分が大きくしめられていたのであろう。『火車』の中で「幸せになりたかっただけ」と言った彰子の言葉に「東京に行けば幸せになれる」これはごく普通の流れであって、なれないほうがおかしいと言っているようにもとれる。

多くの人々がこのような観念にとらわれるのはなぜだろうか。確かに大都市は視覚的に見たら綺麗である。特に「皇居」周辺は整然とし緑も多く、自然が少ない大都会の都心で貴重な一角であり、ビルの上階から見下ろすとあまりの視点の遠さに目の奥が痛くなるくらいだ。また、副都心といわれる「新宿」は都庁もあり、高層ビル群がそそり立ち「新宿駅」を基点として、それぞれのビルに連結、道路の横断をすることもなく、雨の時などとても便利である。その所々には、国内外の「有名ブランド」のポスターが貼られ「宝石」「時計」「化粧品」「バッグ」等、消費者の購買欲をそそる。そこに行けば何でも手に入れられる気分になってしまう。いわゆる「ウインドウショッピング」が楽しめる。大都市の各拠点駅周辺はほとんどが、綺麗にディスプレーされた「ショーウインドウ」、計算されたような美しいスタイルのモデル達の「ポスター」そして、食通にはたまらない、高級レストラン、料亭。まさに衣食住を兼ね備えている。

お金さえあれば「好きな洋服」に身を包み「ブランドバッグ」「高級宝石」「好みの香り」を漂わせ、一流レストランへ食事に行っても、誰も文句を言う人はいない。だが地方の町ではこうもいかない。何しろ隣近所はもとより、町全体が顔見知りということもありかねない。少しでも変化があるとすぐに町中に知れ渡るということになる。常に周りの目に晒されているという煩わしさがある。

また、大都市の利便性は経済の発展を左右するものであり、その相乗効果と地方の過疎化があいまって、その差は開くばかりである。大都市は便利に、地方は不便に、である。

「うなぎの群れを桶の中に入れておくと、うなぎは群れの下へ下へともぐって身の安全を保とうとする。人間も同じで人の一番安全な隠れ家は、人間の群れの中だといわれる。犯人が都会の雑踏に逃げ込むのもそのためだ。」そこは（大都市）大勢の人間であふれ誰もが皆、他人である。だから「誰も見ていない『唯一の場所』なのである」（『都市の魅力』）。関根彰子の心境も「群れの中」だったのだろうか。

三

しかし、大都市には「魅力」の反面が潜んでいるのである。前章で述べたように「大都市」は、視覚的には「きれい」かもしれない。だが「皇居」のような所は例外。人工的に整備された「きれいさ」で、自然の中における美しさではない。だからそれによって我々が癒されることはない。なぜならば、人間も自然界の一員であり、宇宙の掟である大自然の大サイクルの中に存在するものだから。自然の中でこそ本来の人間の姿を見ることができ、その能力を使うことが出来るのだ。「真っ青に広がる海」を見ると、開放感で一杯、両手を広げて海に向かって走りたくなる衝動。「緑の森」を歩くと、頭の中から心の中までその新鮮な空気で「洗われたい」という身体の欲求が、人に深呼吸をさせている。

物欲というのもまた、人間だけに備わったものらしい。人は欲しいと思ったものを、全部手に入れることは出来ない。なのに、手に入れようとする。努力して何とか手に入れたというのなら、それはそれで良しとしよう。しかし、そんな人間はごくわずかで、物欲の多い人に限って安易な方へ傾いていくものだ。その方法が一番楽に、ましてや向こうから手を差し伸べてくれる「大都会の『カード、ローン』」である。

もちろん「クレジットカード」等、日本中のどこに住んでいても作製出来る。だが、居住地域のほとんどが顔見知りという居住民の少ない所では「クレジットカード」のようないわば個人の秘密情報まで、いつのまにか「噂」となっているものだ。だからその恐れがない（低い）大都会で「カード、ローン」の事件が多発することになる。

宇都宮弁護士によると「借入金返済のため、又借り入れる。その繰り返しによって膨大な利息を抱えることになった債務者を今度は『紹介屋』が狙う」(1)という。そして最悪の事態「家出」「夜逃げ」「自殺」となってしまう。表の世界、(住民登録をする)に出られない人々は、裏の世界(定住地なし)でしか生活できなくなる。「関根彰子」となって表の世界へ復帰した彼女。「関根彰子」のまま「自己破産」という方法で再帰した彼女。二人の「「関根彰子」の「普通の生活をしたい」方法は異なっていた。「彰子」となった彼女は違法(その上殺人罪)で。もう一方「彰子」のままの彼女は合法で。「偽、彰子」も本当は「合法」でやり直したかったのだが出来なかった。結局「関根彰子」は大都市という群衆の中で「出来ないはずがない」という思いが妄想でしかないことに気づかず、夜の霧の中に足を踏み入れるようにはまっていったのだ。

四

人は、「大都会」に行けば「誰にも知られずお金が入ってくる」、「誰にも知られずに都会の雑踏の中で暮らすことが出来る(身を隠す)」「誰もが幸せになれる」と思う。対し「多種多様の人間の集まりで怖いところ」、「公害だらけで健康を害する」「隣人の顔も知らない

（地方出身者が多い、流動が激しい）」「物価が高い（もちろん家賃も）」といった現実的問題がある。数字や実態調査で明らかなことにもかかわらず「大都市」の思いは、明確な根拠を持たない、前者の「妄想のようなもの」で占められている。論理的に証明できない人間の本質的なものが「形をなさないもの」に惹かれるのかもしれない。

人はどうにもならなくなった時「物理的にも」「科学的にも」「精神的にも」、そんな時、心の底で祈っていることはないだろうか。普段は思い出すこともないもの、声にも出さない、手を合わせるでもない。だから実体もなく、個々の人間の感性により異なるもの。「公式」によって解明できるものではないが、あえて求めようとするならば「A×B＝不可解なもの」ただし、A＝人の、Aの形態は「DNAに相当するもの」＝「無限大」といえる。よって「大都会」の中に蠢く捕らえどころのない「不可解な」ものは、個々人によって異なる。それゆえ「都市の『無意識的魅力』」は謎めいて、より魅力的となり、永遠に人の心を捉え続けるであろう。「関根彰子」は、二人だけではないのだ。

注

（1）「小説『火車』の社会的背景―深刻化する多重債務問題について」の宇都宮健児氏の講演

参考文献

清水馨八郎・服部銈次郎共著『都市の魅力』（鹿島研究出版会　1970, 11）

現代社会の死角――『火車』の時間をたどる

吉本桃子

カード地獄、自己破産といった悲惨な言葉が渦巻く中、その落とし穴を知ってか知らずかはまってしまう者たち。底知れぬ人間の欲望、理想と現実との境界線を認識する能力が麻痺していく背景には何が存在するのだろうか。私たちは時代という大きな流れに乗り生活している。時代が変われば社会も変わり人々の生活も変わっていく。その変化を誰もが無意識的にそして受動的に受け入れているのではないだろうか。多くの人間は作られた時代の流れの中で生きていることは否めないであろう。『火車』では社会に潜む危険に警告を促している。破産の知識や恐ろしさも教えてくれている。私が借金に苦しむ原因としてまず考えるのは、自己管理や無計画性といった個人の責任、だらしなさによるものであった。しかし個人の責任だけではないということが見えてきたのだ。みんなが錯覚を起こしてしまう社会とは一体……。小説の現在、彰子や喬子が誕生し、生きてきた時代とはどんなものであっただろうかを探り、『火車』を単なる物語としてとどめるのではなく、私たちの現実の問題としてより事件・人物を身近なものに感じてみたいと思う。そこからどのような教訓を得ることができるだろうか。我々も共に生きてきた者として、幸せな人生を求め歩み続ける者としてその社会的背景を中心に見ていきたいと思う。

一　小説の現在（一九九二年一月二〇日（月）から二月一五日（土））

栗坂和也が本間のもとを訪れ、本間が真相をつきとめ新城喬子と接触するまでの約一ヶ月間。これらの年月日、曜日は実在のものと同じである。ではこの時代はどんなものであったか見ていこう。

【社会的背景】

・流行語……カード破産／バブル／カルト／ほめ殺し
・流行歌……君がいるだけで／悲しみは雪のように
・テレビ……ずっとあなたが好きだった
・映画……紅の豚
・世界の銀行がオンラインでつながる。
・若者の教祖尾崎豊の死

・百歳の双子姉妹金さん銀さんブーム
・アウトドアブーム／マウンテンバイク人気／カラオケボックス急増／コンビニ急増

二　一九九〇年　関根彰子失踪三月一七日、和也と彰子（喬子）初デート（九月）

【社会的背景】
・流行語……ダイジョーV／ファジー／あげまん／アッシー君
・流行歌……おどるポンポコリン
・映画……プリティーウーマン
・ティラミス人気／喫茶店激減／エコロジーブーム
・女性一人当たり生涯平均出産数史上最低の一・五七人
・年間海外渡航者一千万人突破その八割が観光旅行

三　一九八九年　千鶴子の死・関根淑子の死（一一月二五日）木村こずえの姉放火により植物状態に（一一月一九日）そして一九九一年の夏に死

【社会的背景】
・流行語……セクハラ／オバタリアン／おたく／イカ天
・流行歌……酒よ／寂しい熱帯魚
・映画……魔女の宅急便
・美空ひばり死、女性初の国民栄誉賞に／紀子さんブーム／マドンナ旋風
・長距離夜行バスが人気／コードレス電話急増
・女性の平均初婚年齢二五・八歳で世界最高
・宮崎勤事件で社会震撼

四　一九八七年　喬子と倉田結婚（六月）

【社会的背景】
・流行語……ウォーターフロント／朝シャン／マルサ／懲りない○○

・日本が世界一の黒字国に。
・地上げ、バブル経済
・東京圏の狂乱地価ピーク
・若い女性の結婚条件に身長、学歴、収入の〈三高〉登場
・大韓航空機事件

五　一九八六年　喬子（当時二〇歳）の母の死

【社会的背景】
・流行語……地上げ／究極／激辛／プッツン／新人類
・イギリスで金融ビッグバン／アメリカで銀行の倒産が史上最高の一三八行
・地価急騰
・男女雇用機会均等法施行
・ファミコン（ファミリーコンピューター）六〇〇万台の売上

六　一九九三年　喬子一家夜逃げ（春）彰子上京、クレジット取得（九月頃）サラ金規制法施行（二月）

【社会的背景】

・流行語……軽薄短小／いいとも／ニャンニャン
・ミニスカート流行／健康食品ブーム／カプセルホテルが人気
・連続ドラマ《おしん》国際的に人気
・映画……家族ゲーム（森田芳光監督）断絶した家族関係を象徴するような、横一列に並んだ食事シーンは大きな話題をよんだ。現代の家族はそれぞれの役割を演じる〈家族ごっこ〉であり〈家族のようなものである〉といった評論がなされた。
・独居老人（六五歳以上）が一〇四万六千人
・東北大学医学部付属病院で日本初の試験管ベビー誕生
・東京ディズニーランド開園「レジャー産業に求められるのは生活からの解放だ。」（オリエンタル常務上沢昇）
・働く女性が全体の半数突破
・ワンルームマンション流行

・サラ金にからむ自殺・心中一〇五七件（一一五五人）

住宅ローンから喬子の苛酷な人生が始まっていく……。『火車』より関連項目抜粋四一三頁昭和五〇年代後半のサラ金パニックの根底には、マイホーム願望と、そこから生まれる苛酷な住宅ローンがあった、と。それも錯覚から生じたものではなかったか。「マイホームさえ持てれば、幸せになれる。豊かな生涯が約束される」四四二頁「夜逃げの原因は住宅ローンですか?」倉田はうなずいた。「喬子のお父さんは、地元の企業のサラリーマンだったんです。安月給なのに、住宅ブームに乗ろうとして無理をしたんだって、彼女が言っていたことがあります。」

七　一九六六年　新城喬子誕生（五月一〇日）

【社会的背景】

・流行語……黒い霧／過疎／びっくりしたなー、もう／シェー

・この年に誕生した有名人……長嶋一茂／小泉今日子／鈴木保奈美／江角マキコ／安田成美／東山紀之／有森裕子／マイクタイソン等

・ビートルズ来日

・いざなぎ景気で史上最高のボーナス
・早川電機が初の家庭用電子レンジ発売／3C（カラーテレビ・カー・クーラー）ブーム
・バニーガールが東京赤坂のクラブ〈ゴールデン月世界〉に登場。月収が百貨店女子店員の四倍以上

八　一九六四年　関根彰子誕生（九月一四日）

【社会的背景】
・流行語……おれについてこい／ウルトラC／金の卵
・この年に誕生した有名人……江國香織／吉本ばなな／山口智子／今井美樹／ニコラスケージ／ブラッドピット等
・新潟地震M七・五
・東海道新幹線開通　東京大阪間ひかりで四時間／東京都内に無線タクシー登場
・東京オリンピック開幕
・第一次マンションブーム
・ホテルニューオータニ・東京プリンスホテル開業

九

これまで『火車』の主な時代をみてきた。実在の時代との関連性は極めて大きいことがうかがえる。とりわけ金融、女性の社会進出、住宅事情、それに伴う家族の変容があげられる。マイホーム＝幸福な人生という図式。そんな夢を残酷にも切り刻んでいく現実。借金に苦しむ喬子一家の状況はこれが本当に日本で行われていることなのかと、思わず息を呑んだ。日本弁護士会の発表では、多重債務者は一五〇万人なのに九七年でも自己破産者は、わずかに七万人だ。そのうち私たちがつい思ってしまう遊行のためというのは、わずか一五〇万の七％である。たいていは月収二〇万以下の低所得者の生活苦や中小企業経営者の回転資金によるものだ。借金苦での家出や夜逃げは一〇数万人にも上っている。九六年に経済上・生活上の理由で自殺したひとは三〇二五人もいる。一日八・三人が借金などを苦に自殺しているのだ。自己破産に対するイメージ、一生が台無しになるなどが一人歩きし、正確に理解されていないのも借金に苦しむ人の中で自己破産という選択をする人が少ない一つの要因であろう。現に米国では一二〇万人が自己破産している。人口比からいうと本来日本では六〇万人の自己破産者がいてもおかしくないのだ。的確な対応をとり、悪徳金融機関などにだまされることのないようにして欲しいものだ。買取り屋など様々な者たちが弱みに漬け込み、借金苦の人を追い詰めていく世の中、まさにいたちごっこである。

『火車』の解説より　オウム真理教が地下鉄サリン事件を起こし、その恐ろしさが宣伝された時、なるほどと思った情報があった。それは、山梨県上九一色村のあのサティアンにいる信者たちの中には、多重債務者が多いという情報だった。取り立て屋をするやくざたちも、気味悪くて、あの中には入れなかっただろう。そのためか、カード破産した者やそれに近い者たちがオウム信者となって、あそこに逃げ込んだというのである。

私の知らなかった日本の地獄があった。『火車』では誰もが借金に苦しむ身になり得る可能性があるということ、そしてそういったことが起こり得る時代であるということを伝えていたのだと思う。私たちは予備軍であるのだ。共に時代を歩んできた者に起こった出来事から、私たちの知らない社会、そこに生きる人々の生活が見えてきた。私たちはそこに存在する危険を読み、戒めをもって生きていくべきである。

参考文献
「朝日新聞　縮刷版平成四年一・二月号」（朝日新聞社）
筑紫哲也監修　日米共同出版CNN／ターナー社「OURTIMES二〇世紀」（角川書店　1998, 9）
出版局年間事典編集部「朝日新聞で読む二〇世紀」（朝日新聞社　1999, 1）

・http//www.geocities.co.jp/bookend/4543/syousetu/miyabe-m9901kasya.htm
・http//www.ne.jp/asahi/af/home/af/books/kasya.html

『火車』に含まれた様々な想い——物語の時間と共に追ってゆく

石崎由佳

『火車』という小説の中には、クレジットやサラ金問題、戸籍謄本問題といった現在日本を取り巻く様々な社会問題の他にも、犯罪、家族のあり方などについても描かれている。それだけの事が描かれているのだから本も分厚く、読み終わるまでにかかる時間も当然多い。いったいどれほどの時期の出来事が書かれているのだろうと思いきや、『火車』の中で起きている事件は実際にはたった一週間ほどの時間の経緯で起きた出来事なのだ。確かに最初に述べたとおり、話の中には様々な事柄について取り上げられているのだから、そのような錯覚にも陥るのだと考えられるのかもしれないが、それだけに限らない独特の手法で話が描かれていっているというのもその理由であり、『火車』の魅力なのだろう。この物語は事実をただ並べて描かれているわけではない。事実だけではなく、様々な時期や出来事、登場人物達の想いが混合されて描かれているのだ。そしてその一つ一つが物語に対して意味を持っている。たあいもない本間の周りの出来事が、後になって事件の大きな手がかりになるなど、その意味合いは様々だ。それらの事について物語の時間の経緯を追っていきながら、物語全体に、又は読む側の私たちにどのような影響を与えるのかについて考えていきたい。

まず物語の冒頭で、本間は過去に負った怪我の痛みに苦しみながらもわざと電車の空いてる席に座らなかった場面で、ふと、昔補導した万引き常習犯の少女の事を思い出した。それは自分と少女についてある共通点があることに気づいたからだが、その場面での「誰もいないところでだけ、自己主張をする。」という言葉は、後に出てくる新城喬子の暮らしぶりを、又は彼女との衝撃的な出会いを匂わせているような気がした。次に本間が栗坂和也と共に関根彰子を偽っていた喬子の住んでいたマンションに訪れた場面で、彼女が洗剤の代わりに使っていたガソリンを見て、同じように使っていた千鶴子の事を思い出している。それにより千鶴子と同じ事をする彼女が後ろめたい事をするわけがない、という甘い考えが出てきているが、本間は物語終始ほぼ彼女に対して、殺人犯を追うという以外の何か特別な想いを持っていた。この時点から、その想いは変わらないという事を思わせる。次に智がボケがいなくなった事を本間に告げる場面だが、この頃本間は事件の調査の為度々家を留守にしている。大切な者がいなくなるという事に対しての不安が、ボケがいなくなるという事でよりいっそう強く表れているのではないだろうか。次に、弁護士が本間にクレジット破産などについて本間に話す場面だ。彼の話は、本間が今まで債務者に対して抱いていた考えを改め直すきっかけとなった。この話は読者に対して現在増え続けているクレジット問題の危険性を警告しているメッセージを含んでいるのだろう。又、債務者がだらしない、という一般的な考えを本間が持つ事により、それがいかに誤った考えであり、その事がますます彼らを追い詰め、新城喬子のような犯罪者を生みかねないという裏のメッセージも含んでいると考える。次に碇が本間に助言を求めたある殺人事件について考えたい。この時本間は殺人犯を見破ったが、それは昔の考え方とは違う、新しい側面から物事を見たからだ。「女は男なしでは犯罪に走ったりしない。」このような考えはもはや女性進出が進む現在、全くの大きな誤解であるのだ。又本間は喬子を追っているからこそ、いちはやくそのような考えにたどり着いたのではないか。次に、居酒屋の女の子が自分の憧れている事について、碇にバカにされた場面だ。その少し後に本間は澤木事務員から、昔と今のサラ金パニックの違いについて聞いている。その中で彼女は今のサラ金パニックは若者中心であると言った。居酒屋の女の子はその若者の代表として、現れている気がする。彼女は碇に対して苛立ちのようなものを持っていたが、それが具体的に何によるものなのかはわからない。それを解く事が、現在の若い債務者達をなくす大きな手がかりなのではないか。次に、本間と智に千鶴子のクセがうつっているという場面だ。本間はこれらに対して、「死者は生者のなかに足跡を残してゆく。」と表現していた。これは、喬子がいくら隠そうとしても彰子の死は必ずどこからか表へ出てきて、それと共にこの先どんなに殺人を起こそうとも彼女は捕まる運命にあるという、殺人を犯しては人は幸せになれない事を意味する教訓のようなものだと感じる。話は飛ぶが、次に物語後半で起きたボケの死について考えたい。智に田崎は何故ボケを殺したのかと聞かれた時本間は、「本来あるべき自分になれない」「本来持つべきものが持てない」という思いを爆発的に、狂暴な力でもって精算するという形で犯罪をおかす人間がいると言った。これは喬子が自分の幸せのために他人の犠牲を惜しまずに、突発的に起こした殺人について論じているのだと思う。智にボケの死について説いていくことで、自分が抱えている事件に対して自然とリンクしていたのだと考える。次に本多保が彰子との古い思い出（十姉妹の死）について思い出す場面だ。この時本間は、保と対照的に自分が引っ掛かっている事を思い出せない自分に焦りや苛立ちを感じているが、それはただ単にすっきりしないという気持ちによるものだけではない気がする。保は結果的には事件の手がかりを思い出した事を意味し、一方で自分は手がかりとなるような事を思い出せないという、一種の刑事としてのプライドからそのように感じているのではないか。最後に、喬子が校庭に訪ねにきた事に対して本間と保が話し合っている場面だ。この時保は、喬子は彰子を校庭に埋める事ができない事に対しての埋め合わせの為なのだと言った。ここでボケの死が再び現れるのだが、ボケの死体が見つからないというのは、喬子の頭部が見つからないという事とリンクしている。何か代わりにするという事で、満足を得るところが共通しているのだ。

　今までおおまかだが物語について私なりの分析をしてきた。もちろんあくまで個人的な意見であり、それらの根拠というものは全くない。しかしこのように様々な見解ができるという事も、物語が長期に渡って繰り広げる壮大な出来事だと読者が錯覚する理由なのではないか。『火車』の中には実に多々の社会問題、出来事、登場人物、そして彼らの想いというのが入りまじっている。それらが混合されているからこそ、内容はより濃いものになり、長い間の出来事だと感じるのだと考える。そしてこの事から私たち読者は、現在の日本の社会問題について身近に考えていくようになり、ひいては『火車』が社会ミステリーと呼ばれる理由なのだろう。

『火車』での入れ子の物語――「ボケ事件」の存在意義

三原まどか

入れ子とは、箱などを順次に組み合わせたもの、内部に伏在する事情、我が子が死んだ後に他人の子をもらって育てることを意味する。また、ミステリーの中では、潜み隠れている事情から事件を解決する「手がかり」となる可能性が高いのである。この手がかりがあるからこそミステリーは読者を引きつけるのだ。ミステリーの中で、無くてはならない存在なのである。入れ子とは、物語の鍵であり、ミステリーにおいては、手がかりと言える。「ボケ事件」は『火車』の中で入れ子とされているが、どのような意味を持つのか。また、鍵・手がかりとなっているのか。

物語の鍵としての視点からとらえることにする。そこには、社会に混在している問題点を指摘し、また作品の深みを与えているということを理解する事が出来る。ペットがブームとなり、動物が人間の欲望のために飼われ、無責任さにより捨てられているという保健所の様子が描かれている。保健所にたくさん犬がいるということは、それだけ無責任な飼い主がいるということである。そこにいる動物たちは、規定によりある期間をすぎると、殺されることとなっている。またボケという動物を殺す事件は、「ヤガモ」など最近の動物虐待事件を指す。人間と異なり、言葉という悲鳴をあげることも出来ない立場を利用し起こす。「ミセシメ」という残虐的事件であり、深刻な社会問題として意識していく必要があるのだ。

また社会において、「殺しへの理解」というものもここから読みとる事が出来る。殺したくなかったが自分だけつまらない思いをしていることへの苛立ちから、殺しという形でしか「清算」出来ない人間もいるのだ。本来あるべき姿になれず、「暴力」でもって解決し罪を犯す人間もいるという本間案や、他人のすること全てが気に入らず、それを壊してからその言い訳を考え、大切なのは、何を考えたかではなく、何をしたかであるという井坂案がある。最終的に、真剣に自分のしたことを心から反省し、考え、謝ることが出来たなら、許すというように解釈していることを読みとることが出来る。殺しの事件が起きたとき、私たちがどのような解釈をもっているのか、その意識や解釈も描かれているのだ。

「ボケ事件」は、新城喬子（以後、喬子と省略する）の起こす事件とは異なり、智という二一世紀を担う世代である子供という視点から、社会というものをとらえていると言える。また、日常生活という易しい切り口から、作品の深みや、社会の問題点を見ることが出来る作用を持つ。読者と作者と登場人物の距離を縮める効果を持ち、作品の鍵を握っていると言える。

もう一つの視点である、ミステリーの手がかりとしてとらえることとする。「ボケ事件」は、主題とされている喬子の事件と関係性があるのか。

関根彰子（以後、彰子と省略する）・喬子も親の死により身寄りはいない。ボケは迷い犬という存在である。関係性としては、田崎に殺されるボケ、喬子に殺される彰子と描かれている。ここから、手がかりを見つけるための理由設定として考えていくことにする。証拠として、殺された可能性が高いが、遺体などの物的証拠は無いことが共通していると言える。動機としては、被害者の恨みなどによる犯行ではなく、「生き抜く」自分という存在を守るための動機である。また、喬子は、親の住宅ローンで、田崎も同じであり、ローンというものが事件の裏に存在していることも、共通していると言える。被害者の性格は、誰にでも不信感を抱かずについていってしまう。これは、ボケは文中に書かれている。また喬子が近づいても、身の危険に気づくことが出来ない彰子から言えるだろう。

以上の点から、「ボケ事件」は、主題とされる喬子の起こした事件と多く類似していると言える。喬子が事件を起こした理由は、自分という存在を守るためであった。親のローンの圧迫から逃げ、生き抜くためであった。田崎が起こした事件も親のローンに圧迫され、犬を飼いたいという自分の望みを捨てるしかなく、逃げるという方法でしかとらえきれず、ボケを殺すことで、逃げられると考えたのではないだろうか。理由は同じなのである。そう、「ボケ事件」は、喬子の起こした事件の手がかりとなっていると言える。

「ボケ事件」は、作品全体にわたり登場し、印象にも残りやすい。それは、物語の鍵として、物語を深いものとし、社会の問題点、読者と作品を身近に感じさせ、また読者に与えられた、重要な存在なのである。

また、これだけの大きな意味を持つ「ボケ事件」は、入れ子としての存在ではなく、主題と言えるのではないだろうか。最初に説明したように、入れ子は、箱を重ね合わせたものであり、内部に存在する、中心部ということが出来るだろう。喬子の事件は箱という外身であり、中心の「ボケ事件」を伝えるための入れ子なのではないだろうか。物語の鍵を握る「ボケ事件」こそ、『火車』における中心となる事件なのではないだろうか。

「ボケ事件」は『火車』においてなくてはならない、中心の事件なのである。

参考文献
新村出編『広辞苑・第四版』（岩波書店　1991,11）

『火車』と比喩――登場人物に関する比喩表現

前原亜耶

私はもともと読書が大嫌いで、一年に本一冊読めばいいほうで、ほとんど読まない事の方が多いのです。そんな私がなぜこの講座を取ったかというと、この読書嫌いをなんとか直したかったからです。ミステリー小説を読むのは、今回が初めて。こんなに分厚い本を手にしたのも初めて。そしてもちろん、宮部みゆきの小説を読むのも初めてと、読書初心者の私にとっては、この本を読み切る事は簡単な事ではありませんでした。しかも、初めはいやでいやで仕方ありませんでした。せっかく読書嫌いを直すために、この講座を取ったのにもかかわらず、余計に嫌いになってきました。しかし、私はこの小説がミステリー小説という事を忘れていました。だから、初めのうちは、おもしろくなくて当たり前だったのです。ですから、また根気よく読み続ける事にしました。すると、最初は気づかなかったのですが、この作品には、とても多くの比喩が使われている事に気が付きました。それも大量で、どれも本当に繊細な比喩ばかりです。登場人物のキャラクターをより強くさせるものや、その場の雰囲気をはっきりとさせるものなど、いろんな機能を持った比喩がたくさんありました。私は読んでいるうちに、どんどんと話の中に入っていき、そして、比喩を見つけるたびにとても嬉しくなりました。この小説が、どうしてここまで、人気になったかの理由はこの比喩表現の豊かさにもあるのではないでしょうか。読書嫌いの私がここまでこの話にのめり込めたのももちろん、この比喩表現のおかげです。

一

比喩表現には文章をわかりやすく、そして読みやすくするといった効果があると思います。抽象的でわかりづらい文章でも、適切な比喩表現の使用で読者はすっきりと理解することができ、その状態をより深く知る事ができます。また私たちの言語生活にユーモアを与え、生活の潤滑油となっている面もあります。そして、比喩は基本的に喩えられるものと喩えるものとの比較によってなりたっています。その距離が近すぎてはおもしろくありません。宮部みゆきが書いている比喩は、私たちが予想もしないような比喩表現をしてきます。それがまた私たちの興味をそそるのかもしれません。そして、一瞬私たちを『火車』の世界から全く別の世界へと導いてくれます。一見無秩序で書かれているように見える比喩表現ですが、ちゃんと文脈によって意味は固定されたものになっています。私たちは比喩混じりの表現に遭遇した時にそれが一目でわかるのではなく、その表現自体が置かれている文脈の中で見ることになります。その比喩の考え方が『火車』には、ピッタリと当てはまるのです。文脈に合ったちょうどいい比喩の使われ方に遭遇したとき、私たちはとてもその文章に好印象を持てるのです。

二

実際に『火車』に出てくる比喩を見てみましょう。本間俊介が職場に戻ってきた時の表現として、「死人が生き返ってきたといわんばかりに大げさな歓待をして」とあります。ここでは、本間俊介があまり職場で好かれていない、又は、完全復活していない彼に対して、邪魔だという思いを抱いている事がわかります。次に和也が本間に大事な用をうち明ける場面で、「出かかった生きものがそこで噛み殺され、尻尾だけがピクピク動いているようだった。」とありますが、和也は、今にも話しそうになったけれど、途中でためらってしまい、でも話したくてうずうずしているので、まだ言っていない気持ちが尻尾で表現されています。次に女性についての比喩で、「都会は、路上に放置しておいたゴミバケツの蓋が盗まれるのと同じくらいの頻度で、女が姿を消している」とありますが、普通の人は、女性が失踪したというと、一大事な筈なのに、本間は職業柄のせいか女性をゴミのバケツに喩えるというくらい、女性の失踪を軽く見ているという事がわかります。しかも、ゴミという、マイナスイメージの喩えを使うということは、女に対して、あまりいい印象を持っていないのではないかということがわかります。次に、本間が休職した時に使われた比喩で、「困難な雪山登山のパーティの中の負傷者にはなりたくなかったそのことは、自分も周囲もよくわかっている。」とありますが、ここはそれでなくても、大変で忙しい職場なのに、一人でも具合悪い人がいてはみんなが気になって、仕事が円滑に進まなくなってしまいます。ですから、このような表現の仕方になっているのではないでしょうか。次に雪で不機嫌な小学生の態度に対して、「てんでひどい裏切りにあったかのように大声で文句を言っている。」「気ばかり持たせていつもすっぽかす嘘つき女のようなのだ。」とあります。ここでは、期待だけさせておいて、裏切るようなことをするという意味で、ここでも本間は女に対して、よいイメージを持っていない事がわかります。そして、ここでは雪の話をしていたのにもかかわらず、女に喩えるなど、とても考えられないような比喩表現をしていますが、これが逆に、おもしろく、読者である私たちに大きな興味をわかせるのです。次に関根彰子が勤務していた会社についての本間の印象として、「こんな零細以下の会社は、言ってみればロートルのプロペラ機だ。

有視界飛行しかできない。コンピュータはあてにできない。パイロット一人の力量を頼りに、毎回の離着陸が命がけだ。一回、一回の飛行に、存亡がかかっているのである。パイロットの腕次第では、すぐに墜落だ」とありますが、小規模の会社だからこそ、一人一人に責任が多くあり、一人でもへたな事をすれば、簡単に潰れてしまう。それ程社員は質のよい者でなければいけない。という意味でしょう。ここでも、おもしろい発想の転換が行われています。しかし、とても大きなインパクトを読者に与えているはずです。次に、和也が、婚約者のアルバムを見せてもらった事があるかと本間に、聞かれた時の様子として、「鼻の頭にゴミがついているぞ、と言われたかのように、和也は急にひるんだ。」とあります。ここでは、自分の一部であるはずの鼻に何かがついているのも気づかずにいて、不意打ちをかけられたような気になった和也の気持ちをわかりやすく、そしておもしろく表現してあります。婚約者なら、卒業アルバムくらい、見せられていても、よさそうなものなのに、和也は見せてもらった事がなく、痛いところをつかれた感じを演出しています。そして最後に、本間俊介の息子の智に対する喩えで、「智は椅子によじ登ると、はしこい栗鼠のような顔を向けてきた」とありますが、ここは、智はとてもかしこく、機敏なのだが、「栗鼠」と表現する事で、そこに可愛いらしいというようすも加えています。

このように『火車』には数え切れない程の比喩表現があり、どれも、発想が普通と違い、とても興味のわくような比喩表現ばかりです。『火車』を読み終わった後、どの文章が一番頭に焼き付いているかと考えた時に、脳裏に浮かぶのは比喩表現の使ってあるところばかりです。そこがまた、『火車』の大きな魅力ではないでしょうか。

「火」と「雪」——対極的な二つのキーワードから読み解く『火車』

木所佐江子

キーワードという言葉を調べてみると、「①文意などを解く上で重要な鍵となる語。②情報検索の手がかりとするため、その検索対象の特徴を表すものとして索引に取り出した語」とある（『広辞苑』）。以上の意味からも分かるように、小説、特に推理小説にとって文中に現れるキーワードは、その小説のプロットに関わる重要なものである。そのキーワードを探ることによって、作品をより深く読むことが可能である。小説の中に現れるキーワードには、作者が「これはキーワードだ」と意識して表されるものと、作者の意図に関係なくキーワードとして成り立っているものがある。宮部みゆき（以下宮部とする）の作品にも、そういった数多くのキーワード、または小道具が出てくる。『火車』という作品も、その例外ではない。数多くあるキーワードの中で、私が注目したキーワードは「火」と「雪」である。小論では、「火」と「雪」という対極的な関係にあるキーワードが『火車』という作品の中でどのような役割を担っているのか、ということを検討していきたい。

一

まずはじめに、『火車』における「火」という言葉の持つキーワード性についての見解を述べていきたい。「火」という言葉は、文中を通して、さまざまな形で登場する。火の車、火の手、放火、火事、火傷などが主に挙げることができる。文中で「火」が、もともとの「炎」としての意味で使われているものもあるのだが、私はまず、「火」という言葉が、金銭的、または経済的なトラブルを表すキーワードとして使われている箇所に注目したい。たとえば、次に挙げる二箇所が「火」のそういったキーワード性を表しているということができる。

「今目の前で火の手があがって、大勢の人が助けを求めているんですよ。」（一一章）

とりあえず、目前であがった火の手を消し止めようと、不眠不休で戦っている。（一四章）

このように「火」という言葉には「災い」といった意味で用いられる用法がいくつか存在す

る。たとえば、井坂が自己破産の話をしていて思い出したという歌の中に火車という言葉がでてくるが、それもそのひとつである。この歌で使われている火車という言葉は「仏教で罪人をのせて地獄に運ぶ、火の燃えている車」という意味で使われている。しかし、生計がきわめて苦しいことを火の車ということからも分かるように、そこには、「金銭的に苦しむ」といった意味が付加されている。そしてそれは、『火車』のタイトルにもなっているように、物語の中できわめて重要な、負を表すキーワードとなっているのである。「火」のキーワード性を論じる上で、私がもうひとつ触れておきたいことは「放火」である。新城喬子（以下喬子）が木村こずえ（以下こずえ）の姉を殺害するのに選んだ手段がその放火であるが、なぜ喬子は殺害手段として放火を選んだのであろうか。比較的簡単に実行でき、且つ高い確率で人を死に追いやれるということが理由であるとも考えることができるが、果たしてそれだけなのだろうか。私は、宮部が喬子にこずえの姉の殺害手段として放火を選ばせたのには理由があるのではないかと考えた。やはり、「火」で殺すということに意味があったのではないだろうか。「火」の意味の一つとして「激しい感情」というものがある（『三省堂国語辞典』）。喬子の「幸せになりたい」という激しい感情が彼女を殺人へと駆り立てたのだ、ということを放火によって表したと考えることができる。宮部は「火」の持つキーワード性を最後まで意識していたからこそ、放火を殺人の手段として選んだのではないだろうか。

二

つぎに「雪」の持つキーワード性について述べていきたい。私は「雪」が事件とその行方との関連性を持つキーワードとして使われているのではないかと考えた。以下に具体的な例を用いて検証していきたい。まず本間俊介（以下本間）が職場から家に帰る途中で、

ひょっとすると、みぞれから雪になるかもしれないな。（一章）

と思う場面があるのだが、私はここの場面での雪は、本間が帰宅した後の和也と和也が持ってくる事件の訪れを表しているのではないかと考えた。また、本間が和也のフィアンセを探しに行く初日、家を出たときに雪の山に触れるシーンで本間は、

路上のはずれで最後に触った雪の小山は、「かちんかちん」だった。よかった。「ぐしょぐしょ」よりは、幸先がいいような気がする。（三章）

と言っている。ここでも雪は和也のフィアンセ失踪事件との関連性を持たされている。雪が

「ぐしょぐしょ」であることが幸先の悪いことだとするのは、雪＝事件、「ぐしょぐしょ」＝うやむや、という風に捉えているからだと考えることができる。本間は雪を、これから解決すべき事件の予兆として捉えているのではないだろうか。また、本間は喬子が大切に持っていた家の写真が撮られたと思われる大阪野球場に訪れたときに次のようなことを言っている。

先週の大雪は何かの間違いだったのではないかと思うほど、春めいた日差しの暖かい日だった。（一八章）

ここにも、雪と事件との関連性を見て取ることができる。つまり、和也から喬子のことについて初めて相談された先週は、事件の真相や行方が大雪で何も見えない状態だった。しかし、それに比べて今は、喬子の残していった一枚の写真から手がかりを得て、喬子、つまりは事件の核心に近づいていることを本間が感じているのということを雪によって表しているのではないだろうか。

三

以上、「火」と「雪」というまったく対照的なキーワードから、『火車』を読み解いてきたが、次に私が述べたいのは、この二つのキーワードがどのような関連性を持っているのかということである。それを述べるに「雪」の持つもうひとつの意味に触れたいと思う。雪はよく白いもののたとえとして使われる。『火車』のなかで雪は、「真っ白なもの、穢れていないもの」という意味をも担っているのではないか。つまり雪は、喬子の求めていた、真っ白な、過去というものに汚されていない自分というものを表しているのである。喬子の中に燃える幸せになりたいという「火」が、過去に囚われない真っ白な「雪」という自分を求めたことが、今回の悲劇を引き起こしたと読み取ることができるのである。

ここまで、キーワードの中でも対極的な意味を表す「火」と「雪」に注目して論じてきたが、そのキーワード性を探っていくにつれ、二つのキーワードは決して対極だというわけではなく、むしろ関連性の強いものなのだということが明らかになったと思う。「火」と「雪」。一見見落としがちなこの二つの単語が、喬子を殺人へと駆り立てたものであり、『火車』を読む上で欠かすことのできないキーワードなのである。

『火車』におけるキーワードの効果——「死」に関連したキーワード

太田美世子

『火車』には数多くの人物が登場し、本筋の流れに加えてさまざまなエピソードが描かれている。そして、そのようなエピソードの随所に見られる言葉に着目することで、この作品の新たな一面が発見できることがある。『火車』に出てくるいくつかのキーワードのうち、これから「死」に関連した言葉（墓、葬式など）について考えていきたい。

一

まず、『火車』にはいくつかの場面で、「葬式」に関する話が出てくる。関根彰子の母親である淑子の葬式についてはもちろんだが、他にも以下のような話が出てきている。

「なあ、当ててみろよ。この若い女房が、友達に、亭主殺しの話を持ちかけたのは、

「どこでだったと思う？」

当てたら怒るだろうなと思いながら、意外な場所、と考えた。答える前に、碇が言った。

「葬式なんだよ」

「誰の」

「二人の元上司だ。係長だったそうだが、なんと女性だよ。三十八歳で、癌だったそうだ。その葬式に行って、頭の上を坊主の読むお経が通過していくところでさ、亭主殺して事業を乗っ取ろうなんていう話をしておったわけよ」

「実感として、人生は短い、と悟ったんだろうよ」

それに、殺人を決心するというのは極端な例だが、「死」にまつわる行事にのぞんだとき、誰でも少しばかり人が変わって、できもしない誓いを立てたり、ずっと秘密にしてきた思い出を語ってみたりするものだ。（二四章）

「うちのおふくろ、普段はてんで物覚えが悪いんですけどね。ただ、なんかこう、ちょっと嫌だなと思うことがあるとよく覚えてるんです。うちのじいちゃんが死んだとき、枕経を読んだ坊さんがいやにそわそわしてて、それが妙に気になって、坊さんの首筋に目立つほくろのあることまで覚えてたんですよ。そしたら、あとになって、その坊さんが檀家から金を騙しとって女と逃げたなんて事件になって——あ、スミマセン、余計な話だ」（二〇章）

また、「仏壇」や「寺」という言葉も随所で見かける。本間の亡き妻・千鶴子の仏壇は、本間家における描写では幾度となく出てくるし、本間の同僚の刑事である碇の実家は仏壇屋となっている。寺に関しては、次のような話にも出てきている。

「ちゃんと手がかりがあるじゃないか」笑いながら本間は言った。「しいちゃんからの小包みを受け取りに郵便局へ行って、その帰りにお寺で配っていた甘茶を飲んだ——そういうことだろ？」

「はい」

「お寺さんが通行人に甘茶を配るなんて、一年に一日しかないよ。花祭りだ」（二四章）

このように、ほんの何気ない部分で使われているのだが、それがかえって、「死」というもののひそやかなイメージと結びついているのである。

二

『火車』に出てくる、「死」に関連した言葉のなかでも、特に重要なのが「墓」という言葉であろう。関根彰子は、両親の遺骨を寺に預けたままであるのを悲しがり、なんとかして墓所を買おうと、実際に霊園見学ツアーにも出かけている。このことは、どこか「家」に対する新城喬子の想いの強さにも通じるものがあるのではないだろうか。彰子の場合は、両親が落ち着けるように墓を立ててやりたいと思いながらも、親不孝な自分は、死んでも二人と一緒にはいられないというようなことを言っている。

また、官報の中にある、身元の分からない死亡者についての記述が延々と記されている、「行路死亡者公告」という欄に関して、本間は印象的なことを言っていた。この欄のことを、まるで無記名の墓標の並ぶ、荒涼たる墓場のようだと表現しているのである。これは、彰子が買おうとしていた墓や、あるいは犬のボケや十姉妹のピッピの墓とは、まったく対照的なものなのであろう。

新城喬子が十姉妹の埋められた校庭を訪れたり、木村こずえと会う約束をとりつける時に、こずえの姉の墓参りがしたいと言っていることからも、墓とは「名前」をもっていてこそ、特別な意味をもつようになることが分かる。そして、この場合の「墓」は、死んだ者の存在証明のような役割を果たし、生きている人間にとって、想いを馳せる拠り所にもなっているのではないだろうか。

三

作中では、関根彰子の死体は最後まで出てこない。そして、特に殺害方法について詳しく書かれているわけでもない。しかし、このように「死」に関連した言葉が随所に出てくるために、作品全体を静謐な「死」の雰囲気が覆っているのである。殺害の様子を具体的に描かないことで、かえって『火車』は一段と重みをもった作品になっていると言えるであろう。

『火車』における色彩表現

塩見優

はじめに

『火車』にはあまり多くの色彩が出てこない。そして、それについて考えているうちにその色彩にはいくつかの共通点があることに気が付いた。今回は物の色に注目し、その色彩と、その表現が文章内に、読者に与える効果について考えていこうと思う。

一　『火車』に出てくる色

まず、『火車』の中に出てくる「赤」や「青」と言った直接的な色を示すものをすべてあげる。

四八頁一一五行目　黒い手帳をちらりと見せるだけで

五二頁—一行目　青い宝石だったもん。
九五頁—一八行目　白木の丸テーブルを据え、
一二六頁—二行目　チョコレート色の外壁に（以下何度も出てくるため省略）
一二六頁—二行目　窓枠やドアの枠は白く
一二六頁—一〇行目　明るいブルーのベストスーツを着て
一二六頁—一〇行目　長袖の白いブラウスの胸もとに
一二六頁—一〇行目　えんじ色のリボンを結んでいた。
一二六頁—一二行目　画面の左隅に切れっぱしのような青空と
一四五頁—五行目　漆黒に塗られたカウンターも
一四六頁—一四行目　どちらもピンク色だった。
一五七頁—八行目　黒地に、花柄のセーターだった。
一五七頁—九行目　真っ赤な花が口をあけて、
一七三頁—一二行目　白木のカウンターの向こう側で
一七六頁—一四行目　赤いカードの丸井ですな、
二〇四頁—四行目　早くも茜色がかってきた陽の下で
二八三頁—一五行目　白いつなぎを着た作業員たちが、

三一六頁—一二行目　硬い灰色の舗装道路が待ち受けている。
三二九頁—一二行目　白い壁に、さまざまな住宅モデルのパネルが飾ってあり、
三二九頁—一八行目　色褪せた赤と青のベンチが並ぶスタンドを背に
三四〇頁—一三行目　黒い手帳の威力を思い知らされた。
三四四頁—七行目　バラの花をかたどったピンク色のロゴが載っている。
三四五頁—六行目　格式が高く感じられる灰色のビルだ。
三四五頁—一〇行目　受付嬢の制服まで淡いピンク色で統一していた。
三四五頁—一一行目　床に敷きつめられたカーペットは濃いワイン色で、
三四五頁—一二行目　光の加減によっては漆黒にも見えた。
三四八頁—一二行目　壁紙までもピンク色がかっている。
三四九頁—三行目　若草色のスーツを粋に着こなした、（以下何度も出てくるため省略）
三五〇頁—一三行目　赤いランプが点灯する。
四〇二頁—九行目　緑色がきれいだし、
四二〇頁—一一行目　しかも栗色に染めている。
四二〇頁—一一行目　黒色に広がってきている。
四二〇頁—一五行目　きれいにそろった白い歯並びをのぞかせて

四二四頁—一六行目　左手指の赤いマニキュアを視認することができた、とある。
四三〇頁—一行目　淡いグレイのタイル張り、
五六七頁—一七行目　赤信号に変わったばかりの交差点を強引に突っ切って、
五七〇頁—九行目　黒いスーツに白いブラウスで、
五七八頁—一六行目　白と木目と溶かしバターのような黄金色に彩られた店内で、
五八〇頁—一行目　さっとひとはけ紅をのせた白い頬を、
五八〇頁—一〇行目　今日の空の色のようなコートの裾を、
五八〇頁—一八行目　白いセーターを着ている。

以上が『火車』に出てくる色である。

二　『火車』に使われている色彩の特徴と影響

一であげた色を見ていくと、赤や青と言った有彩色の原色よりも、黒や白と言った無彩色をまぜた色や無彩色の方が多く見受けられる。また、白や黒よりも、何度もチョコレート色の外壁が出てくるせいかもしれないが、茶色という色がとても印象深い。また、描かれぬ色彩もまた、この茶色の印象を強くしているのである。一番わかりやすいのは飲み物だろう。喫茶店で本間が必ず飲んでいるのは「コーヒー」である。そして、碇の家で飲んだのは「昆布茶」、本多の家で飲んだのは烏龍茶である。これらの飲み物はすべて茶に近い色をしている。

では、我々にとって茶とはどのような色であろうか。茶というと思い出されるのは「土」であろう。土は自然を思い出させる。では、この茶に包まれた『火車』は我々に多くの自然を感じさせるであろうか。いや、感じさせないだろう。この作品に登場する、警察署・団地・喫茶店・法律事務所・車屋とすべてが近代的なのである。近代は機械文明が発達し、自然と対を成す人工という言葉のほうが合っているだろう。

少し前の映画を思い出すことだろう。色彩にとらわれず、ストーリーの面白さを追求するのである。そして、そんな渋い色味の中でたまに出てくる「赤」や「ピンク」は多くの色彩の中で描かれるよりも強く、はっきりとした印象を与える。そして、この「赤」や「ピンク」は日常にある信号やランプを除いて、すべて関根彰子に関わっているものであることも注目しておきたい。赤いカードはクレジットカードを意味する。この作品からクレジットカードはカード破産を連想させるだろう。そして、真っ赤な花がついたセーターは彰子の写真である。ピンク色は彰子が利用していた「ローズライン」の色である。そして、最後に赤いマニキュアであるが、これは殺害された関根彰子の足の爪である。

これだけあげてみると解ると思うが、この「赤」や「ピンク」という色は、故意に使われた色なのではないだろうか。どれも新城喬子と関根彰子をつなげる大切な役割を持ったものである。我々は普通に物語を読み進めているつもりでも、どこかでこれらのものを意識し、文章を読んでいることであろう。

だが、土色に包まれた空間を演出するための小道具はこれだけではない。少し、人物の名前に目を向けてもらいたい。すべての人物がそうであるわけではないが、色を連想させる名前が使われている。栗坂・関根・井坂・溝口・碇・紺野・澤木である。栗・坂・溝・木は茶を連想させ、碇は鉄で出来ているため、灰色、もしくは錆びた赤茶、紺はそのまま紺色である。茶・赤茶・紺どれも明るい色ではなく、暗い、何かを引き立たせるためのものでしかないのである。では、色を持つ彼らは何を引き立たせようとしたのだろうか。

それは色のない人々である。本間・本多・片瀬・新城・宮城である。彼らは重要な人物であると共に「何かが欠けた人物」でもある。新城喬子の過去に関わる人物でもある。彼らには色がない。透明に近いどこかとらわれない存在。本間は足の怪我のため所属する場所を失っている。本多と片瀬と宮城は喬子と別れたことで心にわだかまりを持ち、心の一部を失っていて新城は自分を失っている。そして、色を持つ人々と対照的に描き出されているのである。その対照により彼らは余計とらえどころのない無に近い透明としてどこか不思議な、我々の心に印象付くのだ。

三　まとめ

今回この作品の色に注目をした。それは目に見える色だけではなく、名前や連想の裏に隠された色を含めてである。日常にあふれかえっている色は、やはり物語の中でも当たり前に過ぎていく。だが、色をもたない人々をセピア色の画面の中でぼんやりと眺めるうちに我々は無意識に色を意識してしまっているのである。

この作品を書く上で宮部みゆきがこれらのことを意識して書いたのかどうかは全くわからないが、彼女の描く作品の中で色は大きな役割を持ち、それは物語の構成や内容と綾織物のように絡まり、一つの作品を生み出しているのである。

参考文献

梶田清美著『スピード合格！色彩検定3級』（高橋書店　2003, 3）

「指輪」に込められた自分の証
――宮部みゆき『火車』における物語構造（小道具）

大城則子

人は、なぜ指輪を好んで、指にはめるのだろうか。

幼い頃、私は母が大事そうに父から貰った婚約指輪や誕生石、そして他の石のついた指輪をよく見せてくれていたのを思い出す。父に指輪を買ってもらう時も、母は絶対に自分が心から欲しいと思うものを、それこそ何時間とかけて探しては、悩んで、「これだ！」と言うものを選んでいた。私は、確かに宝石の美しさは分かっていたけれども、なぜ、そんなちっぽけな「物」に対して母がこだわっていたかは、分からなかった。特に、十月生まれの母の誕生石であるオパールを選ぶ時は、特にこだわっていたのを覚えている。そんな母の様子が、『火車』に出てくる新城喬子と一瞬かぶって見えたのである。その小さな石の中には、いったいどんな力が込められているのだろうか。完璧だと思われた新城喬子の犯罪は、彼女がこだわったと思われるその小さな石、「指輪」という存在が皮肉にも彼女の犯罪を暴く鍵となってしまったのである。なぜ、新城喬子がそこまで指輪にこだわったかというなぞに迫ってみたいと思う。

一

「【指輪】指にはめて飾りとする貴金属製の輪。宝石などをはめ込む。」と電子辞書の広辞苑を使って意味を調べてみたところ、このように記されていた。意味だけを調べてみると一見、何でもない石である。しかし、指輪には、何らかの力が込められていると言われている。例えば、古来から指輪にはさまざまな意味が伝えられている。指に飾る形式のため、手を見れば指輪を身につけている人の心に強い影響を与える力があると言われていて、指輪の輪の形には永遠に繰り返す生死や四季、満ち欠けする月などの輪廻転生の観念が込められているとさえいわれているのである。また、指輪についている宝石は、お守りとしても使われている。そして、その意味も宝石によって違うのである。

まず、新城喬子（関根彰子）の婚約者であった栗坂和也が「婚約指輪は、誕生石か、ダイヤモンドだ。」と言っていたダイヤモンドに込められた意味は、純粋で透明な強い光を持つことから、あらゆる邪悪な力をはねかえすといわれる。また、ダイヤモンドはその硬質さから固い絆と永遠の愛情を、また無色透明なので純粋無垢な心を象徴しているとされ、婚約指輪の主流となっている。次に、本物の関根彰子の誕生石であったサファイアの意味は、明るいブルーなら友愛と知性、濃いブルーなら貞節の愛と深い思いやりの心を与えてくれる。カボションカットのサファイアは、得する方向に導く。そして、新城喬子の誕生石であったエメラルドの深くクリアーな緑色は、芽吹く直前の木々の緑を表し、これから大きく育つ生命力を表す。又、頭の働きを良くし、予言の力を高める。中世ヨーロッパでは森に潜む危険を避けるお守りとされた。

二

新城喬子は、最初から最後まで、関根彰子に成り切れていなかったと思う。なぜならば、例え、戸籍を乗っ取ろうが何をしようが、本当の意味で他人になるのは不可能なのである。仮に整形手術をしたとして顔は、その人になれても、中身は本来の自分なのである。その証拠に、新城喬子は、関根彰子の誕生石であるサファイアではなく、自分の誕生石のエメラルドをねだってしまった。それが何よりも、「私は、新城喬子だ！」とどこか訴えているような喬子の本当の気持ちであると思えて仕方がない。では、誕生石ではなく、婚約指輪の主流とされているダイヤモンドを選べば良かったのではないかと思う。しかし、喬子は、ダイヤモンドを選ばなかった。私は、そこにダイヤモンドの意味として込められている「邪悪な力をはねかえす。」というものが喬子は恐かったのではないかと考える。自分のしていることの恐ろしさが、ダイヤモンドをすることによって、見透かされてしまうような恐ろしさを感じたのではないだろうか。また、「純粋で無垢な心の象徴」の意味からも、喬子は自分がダイヤモンドをする資格はないと思ってしまったのではないだろうか。そして、関根彰子の誕生石であるサファイアを拒んだのも、それをしてしまったら、自分の心までも彰子に支配されてしまうことになると思ったからではないだろうか。自分は本当は喬子なのに、体に自分とは違う人物の証をしてしまったら、自分が乗っ取られてしまうようなそんな気持ちになるのではないだろうか。喬子は、自分が彰子を乗っ取っていながらも、自分が彰子に乗っ取られることは何よりも許しがたいことであったのではないだろうか。また、サファイアの意味である、「友愛」「思いやりの心」。この意味を持つ指輪をすることは、喬子にとって耐えがたいことでは、なかったのではないだろうか。少なくとも、彰子を殺す前は、喬子は彰子と仲良くしていたのだから、彰子との友情を思い出したり、問いただすような意味を持つサファイアをすることは、喬子にとっては、辛く酷なことであったのではないだろうか。そして、自分という人の証を示すエメラルドを喬子はあきらめきれなかった。彰子に成りすましていても、心は、自分であるという証になる指輪を喬子はどうしてもしたかった。他人となって生活しても、喬子は、新城喬子であるという自分でどうにかしてあり続けたいという思いを持ち続けたかったのではないだろうか。また、エメラルドの意味は、「生命力」「危険を避ける」「予言の力を高める」とがある。何よりも生き続けたいと願い続ける喬子、そのために殺人を犯してしまった。そして、自らの危険を犯してまでして彰子になったのだから、これからは、もう危険を避けて生き続けたいと思っていた。そして、その危険を避ける未来を予知するような力ができるものなら欲しかった。これらの思いが全部入り混じって、喬子は、自分の誕生石にこだわったと言えるだろう。

三

『火車』のラストシーンで、喬子は、再び新城喬子という本名を名乗り、指輪をはめていない。ここには、喬子の「自分として生き続けたい。」という夢を捨てきれなかった思いが込められているように思える。そして、本来の自分には、他人の証である指輪は、いらないのである。ここには、喬子がどんなことをしても生き続けたいという思いと、本来の自分であるという、新城喬子としての自分として生き続けることをあきらめていない彼女の強い思いが表れていると思う。

自らの命を絶とうとする人が増え続けているこの世の中で、ここまで、自分であり続けることにこだわりを、大切に思いながら、生き続ける喬子の姿は、私たち読者に強い共感を覚えさせ、勇気を与えてくれるものとなっていると言えよう。そして、生きることの素晴らしさを教えてくれていると言えるだろう。

参考文献

木崎さと子著『誕生石物語』（河出書房新社　1999, 8）
八川シズエ著『パワーストーン百科全書』（ファーブル館　2000, 5）
小林将利著『宝石の物語――運命を変える神秘な力』（フォー・ユー　1988, 9）

『火車』における語りの手法について——三人称による語りの役割

秋吉千愛

小説に限らず、テレビや映画といったどんな媒体を使ったとしても物語のストーリーのおもしろさとは、登場人物の視点に立ち、臨場感を持てるかどうかで決まると思う。まるで自分自身に起こっているような、自分が行動して見たり感じたりしているような気にさせるにはどうしたらよいのだろうか。テレビや映画の場合、それは映像の効果によって体験させるが、小説の場合、体験的に読ませる力を持っているのは「語り」である。小説の重要な役割を果たす語りを分析することによって『火車』のおもしろさを探求していきたい。なお、『火車』における語りの手法には、本間による一人称の語りと作者による三人称の語りが用いられているが、三人称による語りの役割を分析していきたい。

一　情景・人物描写

電車が綾瀬の駅を離れたところで、雨が降り始めた。なかば凍った雨だった。（五頁）

これは物語の導入部分である。薄暗い空で寒々とした空気が漂い、さみしげな感じが表現されていて、後にこの物語に表現される「悲しさ」を最初のこの一行で暗示しているよう感じさえする。多くの章の始まりでこのような情景描写はされており、その情景を描写する中で天候の良し悪しなどを利用して、物語の悲しさや問題解決の兆しなどを暗示している効果がある。

本間俊介は、先頭車両の中央ドアの脇に、右手で手すりをつかみ、左手に閉じた傘を持って立っていた。（五頁）

この文では本間俊介という一人の男を映し出し、この男がどういう人間か読者に興味を持たせるきっかけを作っている。初め、この男が犯人か刑事か、依頼者か、全く素性がわからない状態で描写することによって読者を引っ張る効果を出している。

これらの描写は、本間の心情に関係なく場面の状況を説明しており、主観だけにとどまらず客観性を出している。カメラ的な映像効果ということができるだろう。

二　土地の描写

……東北新幹線を使えば……一時間以内で行くことができる。……新幹線通勤するサラリーマンが増えているというのもうなずける話だった。（二五二〜二五三頁）

……買い物好きの女性でも、ここを全部探索するだけで二日はかかってしまいそうな広い地下街を通り抜けて地上に上がると、煩雑で猥雑で、ごった煮のような繁華街へ出る。真新しく、洗練された美しい地下街と、この地上との関係は……。（三二八頁）

というように、捜査で本間が訪れた地方の様子や東京からの交通手段を説明している。この語り、読者に予備知識を与え、自分自身も本間と共に東京から離れ地方に出向いているような感じを引き起こさせている。

また、前者のようにこの話の時代の時事を入れ、その時の時代背景などを説明することによって時間（時代）を登場人物と共有することを可能にしている。そして、後者の方では、土地の説明をするだけにとどまらずその土地の県民性のようなものも抽象的に描いていて、大阪なら大阪の人の特徴を描き表している。ちなみにこの洗練された地下街とごった煮のような繁華街の対照的な比喩は、大阪で本間が捜査に行って会った大阪弁を話す受付嬢と、完璧な標準語で話す受付嬢を表していると思われる。県民性を表現することによって、さらに読者を見知らぬ土地へ引き込ませる力が増している。

三　補足説明

この『火車』では自己破産がキーワードとなるテーマになっていて、かなり専門的な知識まで書かれている（一九八頁）。そこで語りによってその専門的な話をよりわかりやすくしたり、まとめたりして読者にわかりやすく伝えている。

また、物語の中で直接物語の筋となる事件とは関係のない人物説明がある。例えば、本間の父親の説明（二三四頁）がその一つだ。本間の父親の人柄などを説明することによって、今の本間の姿、あり方を明確にしている。

これらの補足説明としての語りは、物語に厚みを持たせる効果がある。

四　話の展開の描写

「むだな会話はなるべく取ろうと最近思うようにはなっている」（『まるごと宮部みゆき』朝日新聞社文芸編集部、二〇〇二年、一八七頁）と宮部みゆきは述べている。このセリフは『火車』を執筆した後のものではあるが、『火車』の中にも会話を省くという手法はなされている。本間と誰かとの会話の中で捜査は進展していくわけだが、それをだらだらと会話で進めていくだけではなく、語りによって省略された会話の中で進んだ話を簡潔に説明している。（五六五頁）これは物語をまとめる効果がある。

五　本間の心理描写

心理描写はほとんどが本間自身による一人称の語りで書かれているが、～と本間は思った、気がした、などと三人称で描写されている箇所がある。これは誰の心理かわかりやすくする効果と文章を引き締める効果がある。そして、本間の主観的な判断ではなく、冷静な目で物事を判断することが可能になる。

物語の結末に向かって、本間は新城喬子に対して心の中で語りかける回数が増していく。

そして、それと同時に三人称での心理描写も増えているのだ。これはどんな役割があるのだろうか。ラストシーンのレストランでの心理を例にとってみる。本間の語りによって読者は本間の気持ちと一体化することができ、感情移入できる。本間の気持ちになって、物事を捉えている。一方、三人称の語りによって、我々読者は同じレストランの他の場所から本間を見ているように感じられるのだ。そして、そのとき読者は本間ではなく自分自身の感情をもって物事を捉えている。新城喬子はもちろん、本間の表情や行動をも第三者として見ることができ、別の意味で臨場感が増す。これからどうなるのだろうと物語の世界へ吸い込まれていく。

本間の語りと三人称による語りを交互に使うことによって、読者は、本間になったり、客観的な読み手に戻ったりと、まるで二台のカメラを使って映像が入り組んでいくように緊張感が高まり、感情が高まっていくことができる。かなり効果的な手法である。

おわりに

以上のように作者による三人称の語りの役割について論じてきた。三人称の語りは客観性を持たせ、内容がよりわかりやすくなり、読者を話の中にすんなり入り込ませる力がある。

しかし『まるごと宮部みゆき』のなかで宮部自身が言っているように、『火車』における三人称の語りは「本間」の一人称に限りなく近いと思った。時々本間によるものか作者によるものかわからない箇所もある。これは、一人称の主観性と三人称の客観性を同時に高める効果があるのではないだろうか。この手法によって、客観性を持ちながら読み手である我々は作中人物との一体感を持つことができ、臨場感が増すのだ。このように『火車』のおもしろさはストーリーのおもしろさだけでなく、宮部みゆきの見事な語りの技術によって読者に感動を与えることからも生み出されているのだ。

参考文献

朝日新聞社文芸編集部『まるごと宮部みゆき』（朝日新聞社　2002, 8）

人物の心情とその背景にある隠れた推理
——宮部みゆき『火車』から見る推理小説のありかた

宇賀神倫子

宮部みゆきの小説と出会ったのは、高校二年の夏休みである。何気なく雑誌を読んでいたら小説紹介のコラムがあり、このミステリー作家はすごいというように宮部みゆきの小説を絶賛していた。私は、基本的に推理小説が好きではあったが、そこまで好きだったという記憶はない。その私が、夏休みの長期期間を利用して読んでみようと思ったのが、『レベル7』であった。今までの推理小説と違う点は、人の心情というものを的確に描いているということであると私は思う。推理小説だからといって、推理する、犯人を見つけるだけではない、宮部みゆきワールドといったように言われるものは、そこにあるのではないだろうか。推理小説だからといって、犯人を最後に挙げるのではなく、犯人を何気なく察するような節を出すことによって、その犯人がどうして犯行に陥ったかを読み込んでいく面白さも宮部みゆきの魅力である。そのような登場人物の描き方について『火車』はどのように描いているのか、どうしてそのように描いているのかについて調べるのが、小論の目的である。

一

『火車』の登場人物の重要な人物と言えば、本間俊介である。本間俊介は怪我をして休職中の身である。その休職に至った経緯は、逮捕しようとした犯人の改造拳銃によって足を撃たれたことによるものだが、本間が犯人を憎むようなせりふというのは一切出てこない。ただ、犯人も発砲と同時に指をなくしたということを聞いて笑ったというように書かれている場面があるが、そこには犯人を憎むというより、嘲笑うといった形容詞のほうが似合う気がする。

『火車』の最初に登場する人物も本間俊介だが、傘を杖代わりするということで怪我しているということと、けが人ということをどうしても悟られるのがいやだという気持ちが冒頭からわかるようになっている。彼を語り手として物語を進めていくことには、怪我をしていることによってどうして自分はこのようなことをしているのかという自分に問う疑問や、刑事として犯人を追う本能、また父親としての彼と、いういろいろな心情が読み取れる。本間の心情として一番強いのはどうして犯人を追わなければならないのかという疑問である。その疑問は栗坂和也から依頼されてからずっと心にある疑問だっただろう。

しかし、最初は頼まれたからという意識の中調査していたが、次第に刑事としての本間が出てきて本格的に調査するまでになった。その背景には、本間が刑事を休職しなければよかったとつぶやいていることと絡んでくる。休職することがなければ和也の依頼を断ることも可能だったし、また警察として動くことも可能だったかもしれない。

だが、宮部みゆきはあえて休職している本間で話を進めていく。警察としての大きな組織ではなく個人の調査として進めることによって、動く範囲というのが決まってくるからである。

二

本間俊介が追う人物を女性にしたことには何か意図があるのだろうか。和也の婚約者である関根彰子が消えたことによって、彼女を探すことになるが、和也と彰子が逆の立場であってもよかったのではないだろうか。消える人物を女性にすることにどのような効果があるのか。

消える人物の持つ効果というのは、ミステリアスな部分をかねそろえている。まず、婚約者が消えるということ、女性であるということ。婚約者が消えるということにその消えることになった理由を調べる明確さが出る。そして、女性であることも男性の目を引くことと女性からも関心が強いということがいえる。この二つの理由から婚約者の女性の失踪というものにミステリアスさと興味を引くことができるからではないだろうかと思う。そして、和也の遠い親戚関係も重要な部分である。本間の妻がなくなってから和也が本間に会うことはなくなった。本間の妻の葬式にも来なかった和也が、自分のことになると本間を頼ってくる。そのような和也と本間の距離が遠いようで近い微妙な距離だからこそ、和也にとって頼める相手であったのだろう。和也は親に反抗できない、世間体を気にするような人格であることがわかるが、世間体を気にする親にうんざりしていながら自分もそうなっていることに気づいていないという典型的なお坊ちゃま体質である。

しかし、関根彰子に対する気持ちは、親の反対を押し切ってでも結婚しようとしていたという一面も見えるように、一途な部分もある。そして和也が銀行員という職業なのは、お金に困っていないところを表している。関根彰子がお金に困っていたということと反対の人物像を持たせることによって、関根彰子の失踪の観点も見えてくるようになってくる。

三

関根彰子は和也の婚約者として最初登場するが、実際は、関根彰子は新城喬子という人物が演じていただけであった。実際の関根彰子はどこに行ったのか最後まであらわにしていない。本間は新城喬子が関根彰子を殺害したと断定するようなことで話を進めていくが、最後まできちんと逮捕や、自供する場面は出てこない。新城喬子の最初のターゲットは木村こずえの姉だった。自分の予想と反して木村こずえの姉は火事にあい、植物人間状態になってしまった。そのことにより、母を亡くしたばかりの関根彰子にターゲットを変更するほかなかった。

もし、木村こずえの姉と入れ替えがうまく行っていたなら、新城喬子は和也と結婚できていたかもしれない。カードのことなどでビクビクする事もなかったかもしれない。だが、本編では、新城喬子は関根彰子を殺したのかどうかがはっきりしていないが、本間の推理からすると殺害していることになる。そのことを考えると、新城喬子が木村こずえの姉を殺害することと、また妹の木村こずえ自身も殺害していたかもしれないということが言える。新城喬子は身を変えることに殺害することをためらうことがなかったのだろうか。

新城喬子が義理堅い部分があるのは、関根彰子の友人にアルバムを送りつけたりすることによって、アルバムを捨てるということができなかった心情の持ち主であることがわかる。また、関根彰子が「私が死んだらピッピと一緒にここに埋めてね」といっていたことを知ってかいないか、新城喬子はそのピッピのお墓がある小学校を訪れている。そこに本当に死体を埋めようとしたのか新城喬子の気持ちはわからないが、本間はそのようなことは見つかる危険性が高いからないと言う。新城喬子は少なくとも、関根彰子をうっとうしく思ってはいなかったのだろう。関根彰子の死体が公になるのは避けたいが、（その証拠に死体が発見されることはない）新城喬子は関根彰子に対して、人間としての誠意を持ってはいたのではないか。無関心であったら、アルバムを送ることや小学校を見に行くことまでしないだろう。せめてもの気持ちとして新城喬子はそのような行動に出たのだろう。関根彰子のことをあまり調べることがなかったのも、むやみに過去を掘り下げることにためらう気持ちがあったからだろう。関根彰子に成りきりたかったらきっと過去のあらゆることを調べることで安心するだろう。このようなことから考えると新城喬子が犯罪に手を染めることにためらうことのない冷酷な人間ではないことがわかる。

四

宮部みゆきの推理小説は、犯人を隠すことよりも明かしていく過程や、登場人物の気持ちなどを重視していると先程も述べたが、新城喬子が犯人ではないかと本間が思う時期も早く、章の中でも五章の最後のあたりから、関根彰子は別人なのではないかという疑問を持ち始める。この時点で、関根彰子ともう一人の人物がいるということの確定、身分をのっとるという犯罪の実体などがわかる。早くから、関根彰子が本人ではないということをわからせることによって、新城喬子を引き立てることができる。

なぜなら、新城喬子はきちんとした形で出ることがないからである。新城喬子は昔の形跡を追われることはあっても、実在しているのかはっきりすることがないのである。そのことに気づかず、生きているように思わせることができている。最後の最後で新城喬子は本間の前に現れることになるが、髪形が少し変わった、「こんにちは」という喬子かこずえの声か定かではないが聞こえた気がすると本間が思うことによって、新城喬子が存在していることを最後の最後で決定付けている場面である。

そして、本間は最後に喬子とのこれからの長い戦いを宣誓布告するかのように、「時間なら、充分ある」と喬子に向かって心の中で言っている。これは、逮捕してからの長い留置所生活や裁判の戦いに向けていった言葉なのか、それとも喬子の過去について哀れみや悲しみのためなのかどちらとも取れる表現であると思われる。本間は喬子を追っている間に、喬子の過去を知ることになった。それは本間にとって一個人として知ってしまった事実であり、そのことによって喬子という人間に近づきすぎたのではないか。そこが、本間の人間性が見える。喬子が逮捕される場面が出ないのも特徴であるといえる。『レベル7』では最後に犯人が逮捕されるが、喬子は保に声をかけられることもなく、声をかけるという場面で終わっている。しかし、「その肩に今、保が手を置く」と最後の文章は、喬子の実在性を物語っていることと、保の手が一種の手錠のようなものであることを連想させられる。保が喬子に声をかけることは、保自身の願いだったが、本間は保に頼まれることがなくても保に声をかけさせただろう。本間が声をかけることによって、刑事の身分がでてしまって、最後に逮捕されたという一文で終わらないとすっきりしないものがあるが、保が手を置くことによって、逮捕されるということを間接的に表現している。そのようなことは後に出版された『模倣犯』の最後にも共通する部分がある。犯人であるピースは、ジャーナリストに追い詰められ逃げ込むところに警察が突入してくる。というような設定で終わっていることから、これも逮捕したというようには一文も出てこない。このことから結果的には逮捕されるのだということをその後の結末は読者の考える場所というように提供されているのだろう。喬子やピースの最後を決めるのは読者自身なのだということがいえる。

五

『火車』の人物は多種多様であり、その背景には過去の生活、親、家族というものが強く現れている。人間の人生には過去は必ずあるものであり、そのことを感じさせないものでは人間として推理小説というものを読み進めることはできないのではないか。そのことを宮部みゆきは強く感じていて、人物の過去からその背景にいたるまできちんと設定され、そのことと社会的背景を重ねることで宮部ワールドというものができていくのだろう。推理するだけではなく、人物について考えさせられたり、社会の背景を感じたりすることができるものとして、推理小説の枠を通り越しているかのようである。だが、人間の推理小説好きの感情をわかっているかのように、そのことと推理小説を組み合わせることによって読者の楽しみを奪わせない力があるのが宮部みゆきの最大の武器といえるだろう。

六

最後に、火車という言葉をインターネットで検索してみた。結果は一一六〇〇件のヒットの中、宮部みゆきの『火車』についてのヒットは五二六〇件だった。『火車』についての紹介だったり、宮部みゆきファンによる『火車』の論評だったりと中身は多種多様だった。宮部みゆきの『火車』以外のものでは、「ひのくるま」のような使われ方があるのではないかと思ったが、そのようなものは見当たらなかった。多くは、中国西安から成都までの列車のことを火車というらしく、その列車の旅について書かれているものがあった。宮部みゆきの『火車』はインターネット上でも論評が多くあるほど、人々に影響を与えているのだということがわかるものであった。

参考文献

宮部みゆき著『レベル7』（新潮社　1993, 9）
宮部みゆき著『模倣犯（上）（下）』（小学館　2001, 4）

『火車』を創り上げる人びと——醸し出される存在と役割

大柴祥子

宮部みゆきの作品には多くの人物が登場する。『火車』はそれほどでもないかもしれないが、『理由』などにいたってはひとつの事件を軸にして一見何の繋がりも持っていないような、さまざまな事情を抱えた人々がまるでパズルのように見事にリンクしていく。そして読者は宮部みゆきに導かれながらそのパズルをはめていく。その快感こそが宮部みゆき作品の最大の魅力だと考えている。しかし、ただ単にそのパズルをはめていく行為のみならば他のミステリー作品においても可能なことである。読者の快感を引き出すために宮部みゆきが仕掛けたスパイスがあるからこそ、私たち読者は宮部ワールドの虜になるのである。ではそのスパイスとは何なのか。宮部作品の中で感心され感動させられること、それは、人物である。人物一人ひとりが生き生きとリアルに描かれているからこそ私たち読者はその世界へと引き込まれていってしまうのだと思う。そこで宮部みゆき『火車』の中の主要な三人の登場人物に注目し、それぞれがそこはかとなく作り出している雰囲気や空間を探りたいと思う。加えて、独自の発想ではあるがそれぞれの人物にカラーを与えてみたいと思う。これは、色というものは端的にイメージを表しやすいという発想から、登場人物それぞれにカラーを与えることで、一読者としてそれぞれの登場人物に対してのイメージを再確認する、という試みである。なお、この題名の「創り上げる」は「ｍａｋｅ」ではなく「ｃｒｅａｔｅ」を意図したものである。「ものを生み出す」という意味とともに「(興奮・騒動・印象などを)引き起こす」という意味も合わせることで作品の世界観がより際立つと考えたからである。

一　本間俊介——設定された話者

この物語の語り手を宮部みゆきと共にこなし、進行させていく重要人物である。本間の主観を軸にしながら、その他の登場人物の事情や心理、事件など、時に本間が代弁するような形で次々と明かされていく。物語の冒頭部分では本間ではなく三人称的語りがされているが、それ以外は物語の進行役はほぼ本間に委ねられている。本間に委ねられたこの役割は小説、特にミステリーにおいては非常に重要なもので、作家側もその人選や人物描写に気を遣う。一九二〇年代のアメリカ作家Ｆ・スコット・ジェラルドもまた著書『華麗なるギャッツビー』(一九二五年)の中でナレーターの役割を委ねる人物描写には注意を払った。彼はナレーター役が自身について語る台詞をこう記している。「このためぼくは、物事を断定的に割り切ってしまわぬ傾向を持つようになったけれど、この習慣のおかげで、いろいろと珍しい性格にお目にかかりもし、同時にまた、厄介至極な下らぬ連中のお相手をさせられる破目にもたちいった。」これはこのナレーター的人物の話者としての確立性を示し、読者との間に信頼関係を築くことを第一の目的としたものである。現代を生きる私たちのモラルでは理解できないことに真実味を与える、という点でこのステップは非常に重要なのである。というのも当時のアメリカは長年続いていたキリスト教的モラルの崩壊によって多くの人が大切なものを失いかけていた。作品の真の意図は作家にしか分からないが、そのことを伝えるためにこのナレーター的人物の性質を細かく設定しているということは言えそうである。これを『火車』に当てはめてみてもまた、日常を生きる私たち読者は破産・殺人・戸籍乗っ取りなどという問題に対して、本間を仲介役として考えるよう設定されている。本間自身について言うならば、物語の中で特に言及されている箇所はないが、物語進行の際に述べられる本間の思考や行動などによって、私たち読者は彼を信頼し、いつの間にか『火車』と私たち読者とをつなぐ架け橋的存在になっていることに気づかされる。彼は冷静であり、かつ中立的でなければならない。よって彼に与えるカラーは青色であると思う。

二　関根彰子――現代を生きる犠牲者

関根彰子という女性は、『火車』に登場するいくつかの社会問題を扱う上でなくてはならない人物である。なぜなら「関根彰子」の戸籍を乗っ取り、彼女に成りすましていたある女性は、真の関根彰子が「カード破産者」であるということを知り、失踪する。関根彰子こそがカード破産、失踪という社会問題を提示した「台風の目」であり、『火車』を社会派ミステリー小説にならしめた理由であるからだ。もし彼女がある女性に戸籍を乗っ取られたとしても、「カード破産」という事実がなかったなら露見しなかったかもしれない。いずれにしても関根彰子が『火車』の中で問題を提起したきっかけになったことは確かである。そして彼女に対し言えることは、現代人の代弁的存在である、ということだ。関根彰子は宇都宮という地方都市出身で大都会東京に対し、猛烈な憧れと幻想を抱いていた。実際に上京して自身が抱いていた理想と違うことがわかってもなお、彼女はその理想を追い求めることを止められなかった。その結果として生まれてきてしまう悲劇。関根彰子は、カード社会といわれる現代を生きる人々の代弁者である。彼女の担当弁護士であった溝口氏はカード破産という社会問題を現代の「公害」である、と言い切った。彼は本間に対し関根彰子のことをこう語っている。「関根彰子さんは、何も特別にだらしのない女性ではなかった。彼女なりに、一生懸命に生活していました。彼女の身の回りに起こったことは、ちょっと風向きが変われば、あなたや私の身にも起こり得ることだった。」（二〇三頁）このことから分かるように、彼女は現代が生み出した社会問題の犠牲者の一人なのである。彼女を通して私たち読者は、カード破産の現実とそれに苦しむ人々に対しての偏見などに気づくことができる。彼女には物語の中で社会問題提起、また問題公開というひとつの役割が与えられ、身をもって私たち読者に提示してくれた、と捉えることもできる。結局、自身が思い描く理想に到達することなく殺されてしまった関根彰子。その一方で、本田保という幼なじみから愛されていた関根彰子。果たして彼女は最後の瞬間、自身の人生をどう振り返ったのであろうか。そんな彼女に似合うカラーははかなく淡いピンク色であると思われる。

三　新城喬子——二面性が内在するヒロイン

彼女をどう表現したらよいのであろうか。ひとつ言えることは、彼女が魅力あふれる悲しいヒロインである、ということだ。では、新城喬子の魅力はどのようなところにあるのだろうか。それは第一に、並外れた美しさを備えているということ。次に、彼女が平凡な生活を夢見ているということ。これは彼女が家庭的であったことや、男性を魅了する美しさを備えていたにもかかわらず男性に従順であったことも関係している。つまり、彼女は女性として「望まれる」であろうステレオタイプな女性性を備えており、ステレオタイプで平凡な人生を熱望していた。彼女のような過酷で悲惨な人生を送ってきたなら、平凡な人生を夢見るのは当然と言えるかもしれない。しかし類まれな美貌を備えていながら、家庭的でいて「守ってあげたくなる」オーラを醸し出しているとなれば、物語に登場する栗坂和也らのみならず、読者までも魅了することは確実である。だが新城喬子はそれだけの女性ではなかった。彼女の一面がステレオタイプな女性性だとすると、彼女の二面性は何なのであろうか。それは、彼女は実はその女性性まで利用したのでは、と思わせるほどしたたかな女性であった、ということだ。彼女は「生き抜く」ということに対し、固い決意を持っていた。どんなに辛い目にあっても彼女はその信念を曲げず、利用できるものは何でも利用した。完璧な女性と思われがちな彼女だが、その本性が見えるような場面では彼女の恐ろしさとともに人間らしさを垣間見ることができる。実の父親の生存を元夫である倉田と調べに行った場面では、彼女の鬼女ぶりが表現されている。「そして、ページを操る手を止めて、ふと顔をあげたとき、机をへだてて座る新婚の夫の目のなかに、喬子は見つけるのだ。非難よりもなお悪い、道端に落ちている汚物を見るような嫌悪の色を。」倉田は喬子のことを理解しようと努めたが、育った環境の違いゆえにそれは不可能に終わった。こうして彼女は誰からも癒されることなく、自分のためだけに孤独に生き抜いてきた。私たち読者は彼女に共感することはできないかもしれないが、確実に同情していた。彼女の存在・意思こそがこの物語における最大のスパイスであり、面白さでもある。というわけで、彼女には激しい「生」をあらわす赤を与えたいと思う。

四　終わりに――『火車』が残したもの

『火車』は私たち読者にさまざまなものを残した。現代を取り巻く社会問題の数々、そしてそれに苦しむ人々の現実。悲しい「生」を生きる人。そしてここでは取り上げなかったが、家族問題や土地問題などさまざまな事柄を私たち読者に提起している。私たちはこの『火車』を手がかりにどう生きていけばよいのであろうか。関根彰子という人生。新城喬子という人生。そこから感じ取れるものは多々存在する。私たち読者はそれぞれの登場人物が投げかけるメッセージを少しでも組み取り、生きる糧にしていくべきなのだと思う。

参考文献

野崎六助著『宮部みゆきの謎』（情報センター出版局　1999, 6）

中島誠著『宮部みゆきが読まれる理由』（現代書館　2002, 11）
F・フィッツジェラルド『グレート・ギャツビー』野崎孝訳（新潮社　1974, 7）

生き抜く事に執着する逃亡者、新城喬子——孤独な女性の心理

岩崎理子

私たち人間のとる行動は全て、自分の為に行われている。食事を摂る事、睡眠、労働、勉強、恋愛など生活に関わる全てのこと、他人に対する奉仕でさえも自分の意志で行うものである。わたしという一人の存在が、わたしの理想とする人間へと少しでも近づくようにと考え、悩み、時に立ち止まり歩んでいく。そして、人間のありとあらゆる行動の全ては、自己主張の手段だ。人は常に自分が誰であるか、どんな人間であるか、確かに自分は存在しているという主張を、共に生きる他者に向けて知らず知らずのうちに繰り返し表現しながら生きている。これは、人としてこの世に生まれた者に与えられる最低限の権利であり、本能であり、または宿命と言えるだろう。それは、たとえ表現が下手で弱くとも、孤独を好む人間であっても、冷酷極まりない人間であっても同じである。なぜなら、我々は存在するだけで意味があり、そのひとつひとつは、個人の意志をあらわし、色づけ、生きたものにする力があるのだ。また、この社会の中で生きる為には、他者と関わりを持つ事は必然的で、それによ

って互いの存在認知をしている。人間はこのメカニズムをもって、長い歴史を歩んで来た。そして今回取り上げられたテクスト『火車』には、自分という存在をどんな手段を用いてでも守り抜こうとする、非常に極端ではあるが必死に生きる人物が描かれている。新城喬子は自身に降りかかった運命に対し「鉄のような存在意志」をもって立ち向かう。一度失敗しても、諦めない。または諦めた時に全てが音を立てて崩れるのが恐ろしくて、諦められないのか。自我の存在を示す証拠がある限り平穏な暮らしなど望めない。その重苦しい、終わりの見えない逃亡は、私達の人生経験からは想像つかない程の恐怖と絶望で満ちている。そして、時に人間としての理性を失う。現状を抜け出す為なら手段を選ばない、たとえ自分の過去全て、名前ですら捨てる事になっても仕方あるまい……。その心境とはいかなるものか。喬子の孤独な生き様について考えた。

ここで新城喬子を表すキーワードを簡単にまとめておきたい。まず一番のポイントは、彼女は頭が良く誰が見ても美人であるという事。次に、逃げる・単独・孤独という単語が多く使われている点。また、男性の保護欲をそそる、はかない魅力があるというのも重要な記述であろう。そして、私が作品を通して強く感じ取った喬子の特性がある。それは、生きること・生き抜く事への強い執着だ。高校時代から十年近く、いわば強制的に逃亡生活を強いられ、耐え難い苦痛を味わい、常に恐怖にさらされ、生きた心地もしない苦しい毎日を送り、心安らぐ場所も無く、自らの運命を呪う事があっても、彼女は決して死のうとしない。いっそのこと死んでしまった方がどんなに楽か……と傍目には見える様な時も、生きる事をやめなかった。何の恐怖も無い、普通の幸せを手に入れたいという彼女のあまりに切実な願いは、いつのまにか、人間の命を自分の手によって剥ぎ取るという暗い、暗いエネルギーへと変わっていった。

一度は掴んだ幸せをも失った喬子は「追跡妄想に近い心理状態」に陥る。ものに憑かれたような目をして、もう二度と同じような思いはしたくないと話し、「新城喬子という名前を捨てなければ、もう平和な生活など望めない」「自分の身を守るには、自分で闘うしかない。」「もう逃げ隠れしなくていいように……」そして苦難の末に、ある手段を導き出した彼女はそれ以後、極めて計画的になっていく。通信販売の会社に就職、顧客データを盗み出し、めぼしい獲物を拾い出し、殺害する。そして戸籍を頂戴して、苦悩の色も、孤独の陰も見せる事無く、生活をする。彼女が恋い焦がれる、幸せな日々が待ち受けていると信じて……。けれども私は、人一人殺したところで、彼女が一瞬でも幸せを感じられたとは、とても思えない。いや、むしろ関根彰子を殺害したことにより、喬子は永久に逃れることの出来ない火車、ヒノクルマに自らの身を投じたのである。今までの逃亡は、先が見えなくとも終わりが来るものだった、少しでも望みはあった。だが、人の命を無理矢理剥ぎ取り、その戸籍を利用し、周囲の人間を騙して生活した事実がある今となっては、明るい未来など在るわけが無い。本当の自分が誰であるか、どんな人間かを、他者へ主張する事が出来ない、その理由など誰にも言えない。例え結婚したいと願う相手が現れたとしても「貴方の知っている私は表面だけ。実は借り物です」などと言える訳がない。

幸せを手に入れたはずが、残ったのは犯した罪と、永久につきまとう孤独だった。だが彼女は生きねばならない。それは償いとしてであるが、それでもなお、生きたい、と願うのだろうか。

語りの重要性——語りから浮き上がる『火車』のおもしろさ

島津朱美

語りとはテクストを読む上で、読者の目となるものだと思う。読者は語り手に寄り添い、そして語り手によって騙されるのだろう。前田彰一氏も「物語は、語りを媒介にして、読者の想像力に向かって間接的に提示する形式である」と、物語における語りの重要性を主張している。このテクストにおいて、語りは私たち読者にどのような影響を与えていたのか。この語りの書き方に、『火車』が多くの人から受け入れられている要因があるのではないか探っていく。これが小論の目的である。

一

『火車』は、本間による語りと三人称による語りで構成されている。しかし、そのほとんどが、本間の視点によるものだ。K・フリーデマンは、「語り手が、評価し、感じ、見る者としてわれわれに世界の像を提示するとき、語り手は世界のあるがままの姿を伝えるのではなく、自分がそれをどう体験したのかを伝えるのだ」と言った。つまり私たち読者は、本間の思いを通してこのテクストを読んでいたのだ。新城喬子が他人の戸籍を乗っ取った殺人者であるにもかかわらず、多くの人から好きな登場人物として選ばれた理由には、本間の喬子に対する想いが影響しているのだろう。もし本間が喬子を冷血な殺人犯として逮捕するだけの目的で追いかけていたなら、たとえ両親の借金から逃げ回ったかわいそうな女でも今ほどの支持は得られなかっただろう。

二

『火車』のおもしろさには、テクストの登場人物のリアリティさがあると思う。宮部みゆき自身「どの種類の小説も、出てくる人物は非常に私が想像しやすい、普通に生活している人ばっかり。」と言っているように『火車』では、戸籍乗っ取りや殺人、カード破産など一見私たちにとっては非日常のことが、その原因に「ただ幸せになりたかった。」という私たちの誰もが願う切なる思いと同じことから、その世界が一気に日常なものになる。非日常の中に日常を見たとき、私たちはその世界に引き込まれるのだろう。

三

また『火車』の語りには「なぜ」が多くでてくる。まず冒頭の一行

――雨が降り始めた。なかば凍った雨だった。どうりで朝から左膝が痛むはずだった。

（一章）

この文を読み、読者はなぜ左膝が痛むのか疑問に思うだろう。そして、その疑問を解決するためにテクストを読み進める。このようにして「なぜ」の語りは読者をテクストの中へと引き込ませる。またその「なぜ」は、繰り返し出てくる言葉をキーワードにして、読者に答えのヒントを与えている。「ガソリン」これは、関根彰子（新城喬子）の部屋のベランダに置いてあった瓶の中に入っていただけなのに、なぜか本間は何度もこの「ガソリン」に注目する。そしてこれは、新城喬子が放火を犯したときの凶器だったのだ。『火車』では、言葉を繰り返し使うことで読者にキーワードを教えている。

また本間の一方的な問い。新城喬子は『火車』において一言も言葉を発しない。本間は彼女に何度も質問をする。しかし、彼女が答えることはない。この本間の問いは一見新城喬子

に向けているようだが、私たちに向けられているようにも思う。

しかし、あのまま何事もなく、和也と結婚して家庭を構えていたら、その場合にはどうだったろう？　がっちりと根をおろしてしまってから過去が露見したら、彼女はどうするつもりだったのだろう？

これらを読んだ私たちは、彼女はどうしたのだろうと一瞬でも考えるだろう。

頭に浮かぶことは、質問ばかりだった。——君は同じことを繰り返しているのか、と尋ねるか？　関根彰子で失敗したから、最初に戻って、姉を亡くした木村こずえに乗り換えるのか、と。——（二九章）

ここで本間は、新城喬子に会ったとき、最初に何を言いたいか。質問を何個も何個も並べている。私たちはこれらを読み、どれを言うのだろうと想像力を働かせる。しかし本間が新城喬子に最初に何を質問したかは、テクストでは語られていない。全ては私たちに委ねられている、そんな気がする。このテクストでは、このように私たちに、その物語の結末を考えさせている。「なぜ」の答えを全て語ってしまうのではなくて、語られてないものがある。そしてそれは、私たち読者一人ひとりに委ねられている。物語が終わっても、私たち読者の中でそれぞれの第二のテクストが開かれるのだ。宮部みゆきは「最後の一行が早く書きたかった。」と語っている。「探しに探していた人が最後にでてきた所で終わりにするのは、かっこいいと思った。」と。しかしこのラストは、作者が私たちに与えたかった衝撃に加えて、私たちの中に第二のテクストという、それぞれのラストを与えたのだ。

このテクストでは、主人公とも言える新城喬子は言葉を発していない。

君は否定するだろうか。俺たちが考えた筋書きを。（二九章）

読者はここで、ここまで読んできたものが全て本間たちの想像だったことに気付かされるのだ。

四

一でも述べたが、『火車』は本間と誰かによって語られている。つまり、一人称と三人称の視点によって語られている。このような場合、「視点の移動は、読者に見慣れた現実を全く違った目で見るきっかけを与えてくれるのである。（B. A. Uspenskiji, Poetics、一三二頁）」

物語を本間の視点から見てきたものが第三者からの目で見ることに移ることによって、本間という人物がどのような人物なのかが分かりやすくなっている気がする。そして私たちに、少し冷静な目で物語をみさせている効果があると思う。

このテクストの語りは、私たち読者の想像力をフルに活用させている気がする。そのため読者はどっぷりとこの世界に、はまっていってしまうのだと思う。読者に考えさせること。語りから浮き上がる、このテクストのおもしろさはこれだと私は思う。結末がない。そしてその結末が読者の想像に委ねられている。これが、『火車』が多くの人の心を掴んで離さない理由なのだろう。

参考文献

F・シュタンツェル著『物語の構造』前田彰一訳（岩波書店　1989, 1）

朝日新聞社文芸部編集部『まるごと宮部みゆき』（朝日新聞社　2002, 8）

『火車』に描かれた家族——新城喬子を愛した男たち

板倉未来

はじめに

私たちは、生れてから死ぬまで、ある家族という小さな組織の一員として、日々の生活を送る。家族には、運命的なもの、選択不可能なもので、主に成長の場としての役割を果たす組織と、自分の意志で築き上げることのできる、第二の組織の二通りがある。特に前者の家族は、その後の人生や夢、将来自分で築き上げる家族の理想像など、子供に多大な影響を及ぼすものである。

宮部みゆきの作品では、「家族」というテーマが、どの作品の根底にも流れている。『火車』でも、さまざまな形態の家族が描かれている。中でも、殺人犯でありながら、数ある宮部作品の登場人物人気投票で、必ず上位に位置する新城喬子は、父親の借金のために苦しめられ、罪を犯す。ある意味では、新城喬子も被害者である。なぜなら、新城家に生まれてくることは、彼女にはどうしようもない事だったからだ。読者もこの、理不尽な運命に共感を覚えるのではないだろうか。

新城喬子が夢みた家庭。その家庭を作るために彼女に選ばれ、彼女を愛した男たちに焦点をあてて、宮部みゆきが『火車』で描こうとした「家族」とは何なのか明らかにしたい。

一

新城喬子（以下、喬子）が、人生のパートナーとして選んだ、倉田康司（以下、倉田）と栗坂和也（以下、和也）は、どのような環境で育った人物として描かれているだろうか。

喬子の好きな異性のタイプなのか、はたまた彼女の故意によるものか、倉田と和也は非常によく似ている。次に、二人の共通点について、本文に書かれた部分を抜粋してみた。

裕福な家庭に育ち、学校では優等生タイプで、親に背かず社会的な体面もきちんと守る。風采もよく、能力も平均以上。そして、そういう育ちのいい青年が、心の奥底のどこかに隠し持っている親への反抗心を——非行少年が暴力で表すような闇雲なものではなく、強い親、立派な親、自分に幸せな子供時代を与え、理想的な人生のレールを敷いてくれた、そういう力のある親への反抗心を和らげ、まっとうに対決しては、終生勝つことのできない親に代わって、彼に自信をつけさせてくれる存在――それが喬子という女性だったのではないか。

和也も倉田も、どうあがいても親には頭があがらないとわかっている。わかっているが、成人した彼には、親のセットしてくれたコースを歩みながらも、自分だけを頼り、自分の能力を確かめさせてくれるような、庇護をかけてやることのできる対象もまた、必要になってきていたのだ。(二二三章)

この文章から、倉田と和也にとって親は絶対的な存在であることがわかる。倉田と和也は、生れてからずっと、親により支配され、守られてきた。そして、二人が喬子と築き上げようとしていた家族は、自分たちが主導権を握り、支配するという、彼らが育った環境と全く同じものであった。

二

次に、宮部みゆきが倉田について、「温室栽培の倉田」と表現していることに注目してみたい。なぜ、「温室育ちの倉田」ではなく、あえて「栽培」という言葉を使ったのだろうか。

栽培とは、食用・薬用・観賞用などに利用する目的で、植物を植え育てることで、魚類などの養殖もこれにあてはまる。ここで思い出されるのが、倉田と喬子が、婚約前に行った英虞湾での出来事である。倉田は、広い太平洋しか見たことのない喬子が、英虞湾の静かに凪いだ海を見て驚いているのに対して、「そういうところじゃないと真珠は養殖できないよ」と、言っている。このエピソードは、二人の育った家庭環境の違いを、端的に表している。

広い太平洋に一人投げ出され、何とかして生き延びようと、懸命に泳ぎ続けてきた喬子。英虞湾の、まるで湖のように静かな海で、真珠になるために大切に養殖されている倉田。倉田は父親の経営する不動産会社で働き、和也もまた、両親と一緒に暮らしている。二人とも親の庇護のもとに、人間として育てられているのではなく、栽培されているも同然なのである。故に、宮部みゆきは、あえて「温室栽培」と表現したのである。

さらに興味深いエピソードが、倉田と喬子がそれぞれ三日月を見る場面である。空を見上げた倉田に対し、真っ暗な英虞湾に映った月をみていた喬子。広い太平洋を泳ぐ喬子は、海面に映る月しか見る余裕がなかった。また、静かな海の中で育てられた倉田は、いつも海の底から月を見上げていたのである。

月という、手の届かぬ存在に対する見方の違いが、倉田と喬子が、共に新しい家族を築く上での決定的な障害を象徴している。

おわりに

宮部みゆきは、倉田と和也という、喬子とは全く対照的な家庭で育った人物を描くことによって、お金に苦労することのない家庭に生まれても、幸せであるとは限らないということを描きたかったのではないだろうか。

太平洋を泳ぎ回って、やっと見つけた真珠は、人の手によって作られたものだった。本当の、本物の幸せとは、与えられるモノではなく、自らの手で掴み取るモノなのだと、『火車』は私に教えてくれた。

今回は『火車』という、一つの作品にしかふれなかった。前にも述べたように、宮部みゆきの作品には、「家族」という共通のテーマがある。それぞれの作品でどのように描かれているか比較し、新たな家族論を考察することは、今後の更なる課題である。

参考文献

新村出編『広辞苑』第二版補訂版（岩波書店　1976, 12）

殺人事件——宮部みゆき『火車』における殺人事件

新井田めぐみ

前期の「私たちが学びたいこと」の授業を通して、約四ヶ月もの間、宮部みゆき『火車』を、様々な視点から考察したり、分析したり、また調べてみたりし、それらの結果をプレゼンテーションという形で発表してきた。それと同時に、他の人がどのような視点で、また、どのような分析をしているのかなども知り、新たに発見したり、気が付いたりすることもしばしばあった。四ヶ月間の授業を通して、私は、『火車』のなかの、殺人について興味を持った。『火車』はミステリー作品であるので、作品のなかで殺人が起こっても不思議ではない。しかし、『火車』の中では、殺人が起こったと予想はされているものの、実際に新城喬子が関根彰子を殺す場面というものは書かれていない。そこで、実際に起こった事件を参考にして、新城喬子は、どんな心境で関根彰子を殺し、また、どうして関根彰子の死体をバラバラにする必要があったのかを明らかにしていきたいと思う。

一

［犯人がわざわざ死体をバラバラにする理由］
（一）持ち運びに便利である。
（二）収納に便利である。
（三）憎悪のあまり。
（四）身元を分からなくするため。
（五）そうすることで興奮するから。
（六）食べるため。

二

［銀座バーマダムバラバラ事件］一九六七年（昭和四二年）一一月六日
金融業兼芸能ブローカーの伊藤和義（当時二三歳）が、金銭上のトラブルから〝銀座の女王〟と呼ばれたナイトクラブのマダムの山崎美智子（二八歳）を東京・赤坂のマンションの一室で絞殺して、風呂場でバラバラにし、千葉県銚子海岸と隅田川に遺棄した。山口洋子の

小説『夜の底に生きる』のモデルになった。

［千葉ホステスバラバラ事件］一九八〇年（昭和五五年）八月一日

千葉県船橋の初対面のホステス（三八歳）に金を要求されて困った会社員（当時二六歳）が口論の末、絞殺。バラバラにしてビニール袋に入れ、千葉県幕張の埋立地に遺棄した。

［練馬一家五人殺し事件］一九八三年（昭和五八年）六月二七日

東京・杉並区の不動産鑑定士の朝倉幸治郎（当時四八歳）は、東京都練馬区大泉学園在住の洋書販売会社課長白井明（四五歳）が貸借して住んでいた家と土地が東京地裁の競売にかけられているのを知り、同年二月、約一億円を支払って所有権を得るとともに、別の会社と転売契約を結び、六月末までに、引き渡す約束をしたが、明渡し交渉がうまくいかず、このままだと、転売先に三〇〇〇万円の違約金を支払わねばならなかった。この日の午後二時四五分ごろ、白井宅を訪ね、顔を見せた妻の幸子（四一歳）をいきなり金づちで殴り殺し、続いて次男（一歳）、三女（六歳）を殴殺、絞殺し、間もなく帰宅した次女（九歳）も絞殺した。長男は次男と双子として生まれ翌年の誕生日を過ぎて間もなく死亡している。午後九時半過ぎ、主人の明が帰ってきた。朝倉は明の腹を拳で殴り、持ってきたマサカリで切りつけ、失血死させた。翌日、明の死体をバラバラにし、肉挽機を使ってミンチ状にした。長女（当時一一歳）だけは林間学校に出かけて命拾いをしている。「骨まで粉々にしてやりたかった」などと自供。一九八五年（昭和六〇年）一二月二〇日、東京地裁で死刑判決。一九九〇年（平成二年）一月二三日、東京高裁で控訴棄却。一九九六年（平成八年）一一月一四日、最高裁で上告棄却で死刑が確定した。二〇〇一年（平成一三年）一二月二七日、死刑執行。

三『火車』の場合

・犯人　新城喬子
・被害者　関根彰子
・死体の頭部　保と関根彰子の母校の小学校の校庭にあるサクラの木の下。（関根彰子の希望）

山梨県の墓地のはずれから若い女性のものと思われる左腕と胴体部分、両膝から下の部分のバラバラ死体が、それぞれビニール風呂敷に包まれて発見される。（関根彰子の可能性）

四

新聞や雑誌などでたまに目にすることのある「バラバラ殺人事件」。バラバラ殺人事件の犯人は、意外にも女性であることのほうが多いようである。女性が死体を移動させたり隠したりするには、やはり小さくした方が便利であるが、その他に、女性は日常的に包丁で「肉」を切ることが多いので、死体を切ることに関して心理的な抵抗が少ないという理由もあるそうである。また、バラバラ殺人事件の犯人は、一個の人体ではありえないほど「薄めようとしていた」ということがあるらしい。犯人たちには、潜在的にこうした奇妙な衝動が備わっているそうである。私は、新城喬子が、どうして普通に殺すのではなく、バラバラ殺人をしたのであろうかということに関して、頭部だけでも関根彰子の望む、小学校の校庭のサクラの木の下に埋めてやりたかったという人間的な人情味のある理由のほかに、この、バラバラ殺人犯の潜在意識が関係するのではないかと思う。新城喬子は、自分の存在を消したいという思いから、関根彰子の戸籍を乗っ取り、自分の戸籍にするために殺人をおかした。喬子は、できるだけ新城喬子という存在を消したいという思いと同様に、彰子の存在も消し去り、新城喬子でも、関根彰子でもない、新しい自分になりたかったはずである。関根彰子の存在を薄めたいと思うがために、普通の殺人ではなく、バラバラ殺人を選んだのではないかと思う。そこに、喬子の、なんとしても、関根彰子の戸籍を乗っ取り、自分の幸せを手に入れたいという思いの強さが出ているのではないかと思う。

参考文献

別役実著『現代犯罪図鑑』（岩波書店　1992, 1）
http://www.geocities.jp/lee23/bou/bou001.html
http://www.alpha-net.ne.jp/users2/knight9/barabara.htm

本当の幸せを掴むために考えるべきこと
――宮部みゆき『火車』の社会論

竹村香織

この授業を機に『火車』を初めて読み、やはり、この小説の中心のテーマである社会問題についての知識を増やすことで、より深く読むことができるのではないかと思い、社会論をテーマに選んだ。『火車』には、カード破産、女性の犯罪、失踪、家族の在り方、戸籍法など、実に多くの深刻な社会問題が描かれているが、その中で特に、関根彰子が、「先生、どうしてこんなに借金をつくることになったのか、あたしにもわかんないのよね。あたしただ幸せになりたかっただけなんだけど。(二〇二頁)」と言っていたと溝口弁護士が振り返っていて、「幸せになりたかっただけ」という言葉が印象に残った。債務を抱えてゆく本人も、きっかけが何だったたか、どんな内的要因があったかわからない。単に贅沢をしたいからではなく、本人がコントロールできない範囲の何かがあると本間は言う。幸せになりたいという思いは、私も含め、誰しもが自然に、当たり前の権利として願うものである。その心情から、債務を抱えてしまった彰子をとても身近に感じた。私自身これまで、多重債務者、自己破産者といったら「どうしようもない人」という先入観を持ってしまっていた。これはおそらく、債務や破産といった言葉の印象や、ドキュメンタリー番組に出てくる多重債務者の描写のされ方からの先入観であったと思う。しかし間違いなく、多くの人々が、このような人たちに偏見を持っているのではないだろうか。また、この小説が書かれた一九九二年から、十年以上が経った今日において、むしろ多重債務、消費者信用産業の問題が深刻化しているのは明らかである。そこで、『火車』を教科書として、なぜ多重債務問題がなくならないのか。「公害」、「情報破産」とは何を意味するのか。本当の幸せを掴むために私たちが考えるべきことは何だろうか。以上の三点を意識し、現代の社会問題の一つである、多重債務、消費者信用について学び、考察していきたい。

一

まず、『火車』での登場人物によって語られる、多重債務の問題や、現代社会の犠牲者である、関根彰子と、新城喬子の過去や憧れについてまとめていく。

この小説の一一章では、溝口弁護士が本間に語りかける形で、多くのページを割き、消費者信用の成り立ち、構造、現代社会のからくり、破産法などについてわかりやすく記されている。他にも、溝口弁護士は、「現代のクレジット・ローン破産というのは、ある意味で公害のようなものである。(八五頁)」と述べている。この溝口弁護士事務所の澤木事務員は、「今の状況は、完全に『情報破産』だと思う。」(二六一頁)「情報追っかけて、みんな浮かれている。」(二六二頁)と感想を述べている。また、彰子の元同僚であり、借金を返済し続けている宮城富美恵は、「昔は、自分で夢を叶えるか、現状で諦めるか、話が簡単だった。だけど、今は違う。夢がかなったような気分に浸るための方法がいろいろある。昔は誰もが、そういう錯覚を推し進めてゆけるだけの軍資金を持っていなかったし、その軍資金を注ぎ込む対象も種類が少なかった。だけど、今は何でもある。夢を見ようと思ったら簡単なの。だけど、それには軍資金がいる。その一つの手段が、『借金』である。」(四一二〜四一四頁)と、昔と今を比べ、また亭主の蛇の脱皮する理由の話から、蛇を人間に例え、「この世の中には、足が欲しいけど、脱皮に疲れたり、怠け者だったり、脱皮の仕方を知らなかったりする蛇はいっぱいいる。そういう蛇に足があるように映る鏡を売りつける賢い蛇もいるし、借金してもその鏡が欲しいと思う蛇もいる。」(四一五頁)と語っている。そして、これらの聞き手であった本間は、考えさせられる。このように、登場人物の口を借り、それぞれの視点から読者に向けて語られていて、『火車』を読むことで、多重債務、自己破産、幸せについて考えさせられる。幻想、錯覚、夢、そして公害、情報破産……。これらは、幸せを願うからこそのもの、つまり誰しもを襲うものだと感じた。

そして、本間が調べていく中で、皮肉にも似たもの同士だったという、関根彰子、新城喬子の過去、憧れたものなどを簡単に整理する。まず、新城喬子は、父親がマイホームを買い、住宅ローンが返済できなくなり、サラ金に手を出し、最後には暴力団系のヤミ金融に借金が集中し、脅迫が続き、夜逃げし、一家離散した。それでも、二〇歳くらいの時に取り立て屋に捕まりひどい目にあった。父親の借金なので支払う義務はないのだが、結婚し戸籍を動かしたことで、居場所がばれ、脅迫の取り立てが続いたせいで、三ヶ月で離婚する。追われる不安から開放され、平凡で幸せな生活（家庭やマイホーム）を夢見て、過去を、そして自分の名前を捨て、別人に成り代わる計画を進めた。家族も、友人も、法も頼れず、自分のみを守るために、たった独りで闘うことを決意し、殺人という罪を犯してしまった。その殺された、関根彰子は、早くに父親をなくし、生活が苦しく、母親はアパートの大家に囲われ、故郷を離れ自由に幸せになりたいという思いから東京へ出てきた。入社し、クレジットも取得する。現実のＯＬ生活は、安月給で、寮を出たことで、借金生活が始まり、返済金がかさむようになり、返済しようという思いから、夜のアルバイトも始め、身体を壊し、雑誌の記事で知った溝口弁護士へ相談し、自己破産の申し立てをした。憧れるもの、場所、考えなどは、人それぞれ、また時代とともに変わっていくであろうが、幸せを願う気持ちは誰しも同じであるように思う。そして、読者が身近な問題として捉えられるような教科書になっていると感じた。

二

一一章で溝口弁護士の口を借り、多重債務問題について詳しく説明しているが、ここでの知識や、他の登場人物の多重債務などの問題についての語りは、宮部みゆきがこの小説を書く上で宇都宮健児氏に伺ったものであると言う。宇都宮氏は、消費者金融やヤミ金融など、この方面の社会問題を専門に、中心となり活躍していらっしゃる弁護士である。そこで、二〇〇三年五月一二日、フェリスにて行われた、「小説『火車』の社会的背景――深刻化する多重債務問題について」というテーマでの一時間程度の講演で、実際の取り立ての録音テープやファックス、電報、多重債務者からの手紙などを交えた貴重なお話、さらに彼の著書や、逆の立場である、消費者信用産業側のＨＰなどから、この問題についての知識を深めていく。

二・一　深刻な多重債務問題の実態

長引く不況の中、多重債務者は、少なくとも一五〇万～二〇〇万人いると言われている多重債務問題は、カード社会到来による深刻な問題の一つである。そして大半の多重債務者が、借金返済のための借金を繰り返すという状況に陥っている。延滞はしていないので、ブラックリスト（事故情報）にも載らないため、新たなカードが発行されてしまい借金を増やしてしまうのである。また、苛酷な取り立てを苦に、自殺、一家心中、家出、夜逃げ、ホームレス、犯罪なども跡を絶たない。この他にも、多重債務者や自己破産者が急増したことで、ヤミ金融による被害も急増している。ヤミ金融とは、出資法上限金利である二九・二％をはるかに超えた違法の貸し付け業者である。元々は、貸金業の登録をせずに無登録で営業を行う、闇の業者が多かったのだが、最近では、広告を載せるために、また債務者に安全な業者だと信用させるために、貸金業の登録をしながらこの違法行為を行っている業者が増加している。多重債務者や自己破産者をターゲットにしてＤＭや携帯電話などで融資の勧誘をし、暴力的な取り立て、深夜まで、職場にまで及ぶ取り立て、返済義務のない親や子、友人、隣人への脅迫的な取り立てが実際に行われている。紹介屋、買収屋、整理屋と言われる悪質業者の二次被害も増えている。しかし、驚くことに、警察の取り締まりや、行政の監督が十分されていないのが現状である。本来、弱い立場の人々を救う立場にあるべき職業の弁護士がその立場を利用し、紹介屋や買取屋と提携しているケースも多い。これだけ問題になっていて、消費者信用という業界全体を管轄する役所がないことにも驚いた。警察や行政の取り締まり、監督が不十分だからこそ、ヤミ金融が急増、悪質化しているとも言える。また、クレジット・ローン破産に追い込まれるような人たちは、「非常に生真面目で臆病で気の弱い人たち」(一七六頁)だと作中で溝口弁護士は言う。こういう人々は、「逃げ出したり放り出したりすることが考えられず、何とか返さなきゃということしか考えられなくなる」(一八三頁)そうだ。社会的体面を守らなければならない職業である教師など、公務員に多重債務者が多いことにも納得してしまう。また、アメリカでは多重債務者の中で、自己破産者が日本よりはるかに多い。比較すると、自己破産に関する知識の普及度、弁護士へのアクセスの容易度に違いが見られる。正しい知識があるため、自己破産は前向きなものとして捉えられている。このことから、日本での消費についての教育が明らかに不足していることも、弁護士や相談できる機関が少ないことも多重債務者を生む大きな要因である。

二・二　繁栄する消費者信用産業の実態

消費者金融や、クレジットカード会社、ヤミ金融といった業者側を見ることも必要だと思い、宇都宮氏のお話や著書だけからだけでなく、一般に認知度の高い企業のＨＰや、業界雑誌から企業情報を調べ、両面から実態を把握していこうと思う。

その為にもまずは、いくつかの言葉を整理しておく。クレジット(credit)という言葉は、英語で、「信用」「信用する」を意味するように、利用者の信用に基づいてカード会社と利用者の間に契約が結ばれる。消費者信用は、消費者の信用に基づいた契約のことで、後払いで商品等を購入する販売信用と、お金を借り入れる消費者金融に分けることができるが、一般には、販売信用はクレジット、消費者金融はローンを指す。また、キャッシングという言葉がある。最近、消費者金融で融資を受けることをこう呼び、あたかも自分の貯金を下ろす感覚で消費者金融を利用する傾向にある。よく聴く言葉であるが、片仮名のせいか、一見格好いい気がするが、非常に漠然としていて、本来の語の意味を分かりづらくする効果があるのではないかと感じた。

ここで、消費者信用産業を営む企業のデータをいくつか抜粋し、見てみる。

■銀行系クレジットカード会社

（2003・3末データ　※ディーシーカードのみ2002・3末データ）

企業名	年間売上高	会員数	加盟店数
（株）ジェーシービー	51,790億円	4,840万人	1,093万店
三井住友カード（株）	30,355億円	1,212万人	270万店
（株）ユーシーカード	23,795億円	1,206万人	290万店
（株）ディーシーカード	20,107億円	904万人	141万店

■消費者金融＝サラ金　（2002・3末データ）

企業名	貸付残高	営業利益	無人契約機	口座数
（株）武富士	17,666億円	2,302億円	1,851台	29,679億円
アコム（株）	16,168億円	1,706億円	1,751台	30,357億円
プロミス（株）	13,246億円	1,053億円	1,462台	25,830億円
アイフル（株）	13,136億円	1,075億円	1,585台	22,442億円
三洋信販（株）	3,309億円	254億円	1,038台	7,229億円

消費者信用産業を営む企業のデータ

また、日本クレジット産業協会の二〇〇一・三末データによると、クレジットカード発行枚数は、二三、一六八万枚で、つまり、一人が約二枚持っている計算になる。そして、カードショッピングの信用供与額は、二一七、九二〇億円で、カードキャッシングの信用供与額は七〇、三一二億円で、毎年着実に伸びている。また、消費者金融の利用者は一、六〇〇万人を突破し、こちらも年々増え続けている。つまり、八人に一人がサラ金を利用していることになる。

これらのデータを調べている中で、前年と比較してみると、この長引く不況ということを忘れるほど、成長している産業であることを直に感じ取ることができた。現に、このような業界のトップが高額納税者に名を連ねている。これらのデータからも、消費者信用産業の膨大さが見て取れる。無人契約機やインターネット店舗を充実させ、キャラクターやゴロを用いた親しみやすいCMを一日中流し、街中に大きな看板を掲げることで、サラ金の暗いイメージを薄め、抵抗を薄めているし、簡単に手早く内緒で借りられ、便利で身近なものになっている。私は、クレジットカードはショッピングの信販用に利用していたので、今回初めて、クレジットカードで自分の口座からお金を引き出すのと同じように、お金が借りられることを知ったのだが、これによって借金をしているという感覚をそれほど持たず、手軽に利用できてしまう実態に驚いた。しかし、そうは言っても、クレジットカードは、盗難の被害を最小限に食い止めることができ、海外旅行時にも使え、身元保証にもなるし、便利なものであることは確かである。また、実際に多くの人が利用するようになり、これほどまでに大きな産業になっていることは事実であり、日本経済を支えている業界でもあり、借金することが良いか悪いかは一概には言えないが、現代社会で消費者信用産業を全否定することはできないのである。ただ、上限金利を見てみると、消費者信用だけでなく、銀行系クレジットカード会社も、二七～二九％程度と、出資法上限金利の二九・二％以下ではあるが、利息制限法の制限金利である、一五～二〇％をはるかに超えている。違法だが、罰則がないため、取り締まることができない、いわゆるグレーゾーンでの経営である。銀行の金利に比べてみれば、明らかに異常な程の高金利だということは誰にでもわかる。銀行などから低金利で資金調達をし、高金利で貸付を行っているので、貸せば貸すほど儲かる仕組みになっており、利用者の支払能力を無視した過剰融資が横行している。そして、無担保であるため苛酷な取り立てが実際に行われている。この消費者信用産業の構造自体に問題があり、多重債務者急増の温床であることは確かであり、この問題に積極的に取り組んで行く義務もあると言える。

二・三　消費者信用産業繁栄を支える背景、現代社会の問題点

より、視野を広げると、社会的な部分に問題があるとわかる。特に大きな責任のあるもの

を挙げる。
・マスコミの責任……テレビでは一日中、サラ金のＣＭを流し、大きなスポンサーであるため、サラ金問題の報道は自粛し、「サラ金」という言葉を使わないようにしている。テレビで、「サラ金」ではなく「消費者金融」と言うよう要請されていることを宇都宮氏のお話で知り驚いた。また、急増するサラ金被害や多重債務問題に関する報道が積極的に行われていないと言う。実際、私も今回調べるまで、ニュースでもほとんど見なく社会的な問題だとは思っていなかった。マスコミは、影響力があり、真実を伝えるべき存在であることをきちんと認識すべきである。
・銀行の責任……一九六〇年代以降、日本の経済が、大量生産、大量販売、大量消費時代に入るなかで、本来、公共的使命を帯びているはずの銀行が、無担保の低金利融資を求める消費者のニーズに冷淡であった結果、高金利ではあるが、無担保で簡単に融資を行うサラ金が市場を拡大していった。このことを考えれば、銀行の責任は重大であることが明らかである。
・行政の責任……銀行に求められる公共的使命を十分に果たせてこなかった政府の責任は、さらに大きい。また、現在の多重債務者の救済は、主に弁護士会、被害者団体などによって担われていて、国や自治体は行っていない。本来、経済的、社会的被害者の救済は、社会福祉政策の一環として、行政の責任において行われるべきはずである。早急に、法の整備や、社会保障制度の充実などに、時間と税金を投入すべきであるし、法を必要としている人を助けられ、法が守られる社会にしていかなければならない。

二・四　多重債務者の救済方法

多重債務に陥った場合の解決方法を整理する。調べていく中で、弁護士の介入や調停の申し立てにより、債権者から債務者への直接の取り立てが止まることでの心理的解放感は大きいと思われ、このように法的な救済方法は有用な救済方法である。救済方法が新たに増えている段階にあり、まだ改善すべきところがあるのも事実であると感じた。

・任意整理……裁判所などの公的機関を利用せずに私的に債権者と話し合い、利息制限法に基づいて債務整理を行う方法。債務者の収入の範囲で一括弁済、または分割弁済などの交渉を行う。

・特別調停（二〇〇〇・二・一七施行）……簡易裁判所の調停委員が債務者と債権者の間を斡旋して、利息制限法に基づいて合意を成立させることによって解決を図る方法。

・個人生成手続き（二〇〇二・四・一施行）……民事再生法の一部改正法により導入された個人版の民事再生手続き。債務者は自ら提出した再生計画によって、計画通り返済が完了すれば残債務が免除され、再起を図ることができる仕組み。

そして、『火車』の関根彰子が溝口弁護士に相談しに行ったものが次の自己破産である。

現在、二〇〇二年の個人自己破産申し立て件数は、二一万件を突破した。

・自己破産……借金超過で苦しんでいる債務者を救済し、生活の再建と再出発を与える最後の救済手段。大まかな自己破産の流れを図にする。

支払不能の状態

↓地方裁判所へ自己破産の申し立て

↓破産宣告を受ける

破産手続きをする（財産がある……債権者に配当される。）

（財産がない……破産手続き廃止の決定が出る）

↓官報（国の新聞）に公告後、二週間で破産の確定

↓免責（お金を返す義務を免れる）の申し立て

（財産がある……破産手続きが終了するまでに。）

（財産がない……破産宣告が確定してから二ヶ月以内に。）

↓官報に公告後、二週間で免責確定

自己破産のメリット・デメリットについて考える。実際のデメリットは、クレジット・サ

ラ金から五～七年は借金ができないことと、自己破産を申し立て、免責決定を受けられるのは原則として十年に一回ということの二点だけである。これは、個人信用情報機関に自己破産をした人の情報を出し、ブラックリストとして登録されるためである。破産後、免責決定を受ければ、借金は帳消しになり、市町村の破産者名簿からも抹消され、公私の資格制限からも解放され、破産宣告後に得た収入は自由に使えるので、当然、貯金もできるし、保険に入ることができ、生活を立て直すことができる。ただ、言葉のイメージから誤解されている部分が大きい。実際には、戸籍や住民票に記載されることはないし、選挙権、被選挙権などの公民権も停止されず、原則として自ら言わない限り会社に知られることもないし、破産を理由に解雇することはできない。そして、生活に必要な家財道具は差し押さえられることはないのである。自己破産は、言葉の持つ暗いイメージと、いくつかのデメリットはあるが、それ以上に周囲を巻き込まず、取り立てからも開放され、再出発できるというメリットのほうが大きいと感じた。

二・五　多重債務未然防止のための対策

これまで見てきた、現代社会において多重債務が急増する背景にある問題点を整理しつつ、対策を考える。

長引く不況の中、クレジット、サラ金、ヤミ金融などの消費者信用産業界の責任、そして、それを支えるマスコミ、銀行、行政の責任など、さまざまな要因が重なり合って、多重債務の問題が深刻化している。これまで述べてきたように、CMの規制、高金利、過剰融資、苛酷な取り立ての取り締まり、法の改正、救済機関へのアクセスの容易度など、各々が、責任を自覚し、積極的に、変えていくことが求められる。また、自己破産に対する暗いイメージ、偏見が先走り、正しい知識を持っている人が少ないのが現状である。さらに、クレジットカードや、親しみやすいCMを流すサラ金が、生まれた時から既にある若者世代にとって、クレジットが身近なもの、安全なものだと思い込んでしまっている。このことから、クレジット、サラ金、ヤミ金融、自己破産制度などについての正しい知識はもちろん、金銭感覚や消費志向などの根本的なことから教育する場を設ける必要があり、教育の現場である、教師や親に求められるし、この教育をサポートする行政の指導や機関も求められる。そして、何より、業者と消費者が対等であるべきだと感じた。貸す立場と借りる立場である以上、借金をしている側は、強く言えないというのが現状であるが、一つのビジネスである以上、対等でなければおかしいはずである。消費者信用産業だけでなく、行政にも言いたい。

最後に、一つニュースを取り上げる。消費者金融のテレビCM規制問題で、日本民間放送連盟の放送基準審議会が、これまでの児童向け番組に加え、各局が選定する「青少年に見てもらいたい番組」などでは、時間帯にかかわらず十月改編期以降消費者金融CMを放送しないとする自粛強化の見解をまとめたというもの。（二〇〇三・七・一七共同通信）児童、青少年への配慮についての対応策を検討していたようだが、やっと動き始めるのかといった印象を受けた。

三

今回、なぜ多重債務問題はなくならないのか。「公害」、「情報破産」とは何を意味するのか。本当の幸せを掴むために私たちが考えるべきことは何だろうか。これらを意識して考えてきた。考察していく中で、お金がなくてもカードという制度やサラ金の登場によって欲しいものを手に入れ、幸せを手にいれた気分になれる現代社会、幸せを願う人々を落とし入れてしまう消費社会のからくり、つまり一度はまり込むと容易に抜け出すことのできない構造、法の抜け道、弱肉強食の世界……といった現代社会の落とし穴に驚いた。『火車』で、このクレジット・ローン破産を、「公害」「情報破産」という言葉で表しているのは、こういった意味からだと思った。多重債務者が必ずしも悪いのではなく、また消費者信用産業だけの責任でなく、その根本にあるのは、マスコミ、銀行、政府の責任であり、様々な要因が重なった結果、この多重債務が現代社会の問題の一つになってしまったとわかった。しかし、そうは言っても、原因がわかっただけでは、現状は変わらない。私たちにできることを考えなければならない。一人ひとりの意識を変え、世論を大きくすることで、消費者信用産業や政府、マスコミに訴えかけていくことが求められる。貨幣経済の中で生活する以上、やはり正しい情報、知識が必要だと改めて感じた。その為にも、善悪をきちんと判断できる強さ、疑う目を養い、各々が責任を持って行動できるような社会にしていく必要がある。そして、それは至急求められている。

この『火車』という小説は、多重債務者だけでなく、今後、債務を抱えてしまうかもしれないという意味で、全ての読者に、自己破産の正しい知識や、現代社会の問題への理解を与える役割を果たしていると言える。特に、誰しもが持つ幸せになりたいという願いゆえに起ってしまう悲劇を読者へ伝え、危険があることも伝えている。こういった意味でも、読者一人ひとりが、あらゆる現代社会の問題を考えさせられるような、現代社会の教科書として有意義な小説と言える。

参考文献

宇都宮健児著『消費者金融　実態と救済』（岩波書店　2002, 4）

宇都宮健児著『ヤミ金融撃退マニュアル』（花伝社　2002, 11）
宇都宮健児著『イラスト六法　わかりやすい自己破産』改訂新版（自由国民社　2002, 2）
『月刊　消費者信用』（きんざい　2002, 7）

アイデンティティー（自己認識の態度）――『火車』による警鐘

今村朋美

はじめに

『火車』の世界が、初出から約十年経った今、現実のものとなっている。つまりは十年前の我々へ未来への警鐘を鳴らしていたものであったのではないだろうか。

一

『火車』の中において本人であることの証明に対しての警鐘は、戸籍謄本、雇用保険、社会保険、国民健康保険、生命保険のいずれにおいても鳴らされている。

現在の日本で行われている本人であることの証明は、ほとんど書面での確認にしか過ぎず、これほど情報化の進んだ現代において本人確認というのはもっとも慎重に行われなければならないはずだ。しかしその本人確認自体が一番の盲点になっているのが現状である。

ここに日本人の個人のアイデンティティーに対する意識の希薄さを伺い知ることができる。そもそもアイデンティティーという言葉自体の意味はなんだろうか。実は相当に難解な言葉であり日本語訳も定着していない。『広辞苑』には「人格における存在証明または同一性」とある。ここ数年、この輸入英語は、日本で様々な領域で耳にするが、その使われ方は実に多様である。その上日本語への翻訳が不可能なため、片仮名のまま通用していること自体何か重要な意味があるように考えられる。アイデンティティーのアイデンティティーが確立されないまま、アイデンティティーという概念を使うこと自体に無理がある。つまり、アイデンティティーと言う言葉自体を日本語として吸収し定着させる前に、自分は何者か、あるいは、「かけがえのない自分」の根拠はどこに求められるかという問いに深みを持たせることは困難なことである。アイデンティティーという言葉の根柢にある意味をしっかりと理解することが必要不可欠である。

アイデンティティーに対する日本語的な捉え方は「自分以外の何者にもなりえない、まさしくこの〈自分〉という個体そのもの、についての認識を強調する態度」であるといえよう。言い換えれば自己についての認識の仕方を重視するということでありそこには欧米文化的な個人主義の考え方を見て取れる。

二

日本における自己認識の意識と欧米におけるアイデンティティーに対する意識の違いはお互いの文化の根底にある二つの原理による教育理論そのものに違いがあると考えられる。この二つの原理とは「母性原理」と「父性原理」である。母性原理の考え方は「包む」ということであり社会をすべてが包まれた一つの「場」として捉える。教育目標は場への所属と場の平衡状態の維持であり人間観は絶対的平等感である。母性原理は日本の文化や教育に深く根ざしたものであることが分かり個人をあまり主張しないことが美徳である。一方、父性原理は「切る」ことによる分割の最小単位の一つとして「個」という事を重視する。教育目標は個を確立し個の成長を願うこと、人間観は個人差（能力差）の肯定である。欧米においてこの原理は文化、教育面から個人個人に伝わりその個人の考え方に深く根差している。このことから分かるようにアイデンティティーについての共通理解を促すに十分な環境であり、また、むしろ父性原理の中から生まれでて来たこのアイデンティティーという概念である訳である。つまり、アイデンティティーの考え方は父性原理によって作られた欧米的文化の中に生きてきた人間にとって自然と身つく意識であることが分かる。そのため、母性原理の根強い日本の社会環境の中ではアイデンティティーについて意識させられる場面はありふれてはいないのだ。日本においてはアイデンティティーという言葉は深い理解をされぬまま一人歩きしているのが現状である。

母性原理的文化の日本は戦後、欧米文化の流入により多分に影響を受けてきた。急速な技術発達に伴いボーダレスな世界の中の日本は父性原理的社会に対応するべく社会システムを変容させていった。しかしその社会システムは父性原理の中で育って来た人々に対応するべく作られたシステムであり、アイデンティティーに対する意識が強い人々に有用な環境である。日本において社会システムの変容は急速に遂げては来たもののその社会の中で生きる日本人の精神世界を作り出す文化や教育は母性原理的感情と父性原理的競争意識が混在している。現代の日本人の精神は社会的には父性原理的厳しさを持ち始め、家庭の中においてさえも個人主義的な関係がふえてきた。しかしながら自分自身に対しては社会に守られているという甘えから自分自身に責任を負えない行動を取ってしまう人が増えてきている。

おわりに

『火車』では、保険や戸籍上の個人確認の甘さを逆手にとってどのようなことが起こりえるか、という社会システム上にある問題点への警告がなされていた。そして、カード破産など自己責任能力の欠如に対する警告、登場人物の家庭環境の複雑さから見て取れる形だけの個人主義の問題点をも指摘している。これらすべては父性原理的社会へシステムがいちはやく変容して行く中で自己管理や自己責任を問われて行く個人個人の精神世界の中でのアイデンティティーに対する意識の希薄さが引き起こす問題である。火車は社会システムに心がついていけない者、そしてその問題点を利用した犯罪を現実社会の中で顕在化する前に、ものの見事に描き出し我々に警鐘を鳴らしていた作品である。

参考文献

村瀬孝雄著『自己の臨床心理学2　アイデンティティ論考――青年期における自己確立を中心に』（誠信書房　1995, 5）
河合隼雄著『子どもと学校』（岩波新書　1992, 2）
鑪幹八郎著『アイデンティティの心理学』（講談社　1990, 9）

『火車』における時間経過

三宅晶

一九五〇年	本間誕生。
一九五五年頃	他人の戸籍を借用して暮らしていた男が、氏名権の侵害で訴えられる。
一九六〇年	日本で初めて「クレジット」という言葉が使われる。
一九六四年　九月一四日	関根彰子誕生。
一九六六年　五月一〇日	新城喬子誕生。
一九七二年頃	本間、万引きの常習犯の少女を補導。
一九七二年	学生向けクレジットカードの登場。
一九八三年	春に、新城一家が夜逃げ。 関根彰子が、葛西通商に就職。
一九八三年	サラ金規制法が施行される。 九月頃、関根彰子がクレジットカード取得。
一九八四年	夏頃、関根彰子の返済が滞るようになる。キャッスル錦糸町に移転。

一九八五年頃	関根彰子、「ゴールド」でアルバイトを始める。 栗坂和也が就職。
一九八六年	秋頃、新城喬子の母親が死亡。
一九八七年	一月…借金の取り立てが激しくなり、関根彰子が葛西通商を退職。 五月二〇日…関根彰子が自己破産の申し立てをする。 六月…新城喬子、倉田康司と結婚。 九月…新城喬子、倉田康司と離婚。 宮城富美恵の家に寄宿。
一九八八年　一月	一日…ローズラインに、現在使われているシステムが導入される。 特別養子制度施行。
	二月…関根彰子の免責が決定。 「ゴールド」を辞め、「ラハイナ」に移る。コーポ川口に移転。須藤薫、新城喬子に会う。 四月二〇日…新城喬子、ローズラインに就職。
一九八九年	千鶴子死亡。

	七月～一一月…大阪球場で、リビング・フェスタ開催。 九月九日～一〇日…新城喬子がローズラインで社員研修を行う。 一一月一八日…新城喬子が、「病欠」として、二六日まで休みをとる。 一一月一九日…新城喬子、こずえの姉を狙って放火。右手に火傷を負い、須藤薫を訪ねる。 一一月二五日…関根彰子の母が死亡。 一二月三一日…新城喬子、ローズライン退職。
一九九〇年	一月一四日…保の母親が、新城喬子の姿を見かける。 一月二五日…関根彰子、母の遺産について溝口弁護士に相談に行く。 一月末…新城喬子が、須藤薫を訪ねる。 三月一七日…関根彰子がコーポ川口から消える。 春…新城喬子らしき人物が、宇都宮の小学校の校庭で目撃される。 四月一日…「関根彰子」が、分籍して方南町へ引っ越してくる。 四月七日…新城喬子が、関根彰子のアルバムを発送。 四月八日…新城喬子から送られた関根彰子のアルバムが野村一恵の元に届く。 四月一五日…今井事務機に提出するための「関根彰子」の履歴書が作成される。

	四月二〇日…「関根彰子」が今井事務機で働き始め、雇用保険に入る。 五月五日…山梨県で女性のバラバラ死体が見つかる。 九月頃…栗坂和也と「関根彰子」が知り合う。
一九九一年	夏頃…みっちゃんが今井事務機に就職。 秋頃…栗坂和也が「関根彰子」を両親に紹介する。 一二月二四日…栗坂和也と「関根彰子」が婚約する。 末…本間が退院する。
一九九二年　一月	正月休に栗坂和也と「関根彰子」が買い物に行く。 「関根彰子」のクレジットカードの申請をする。 一三日…「関根彰子」が、信用情報機関のブラックリストに載っていることがわかる。 一五日…栗坂和也が「関根彰子」に、自己破産について尋ねる。 一六日…「関根彰子」、今井事務機を無断欠勤。 一七日…九時頃、今井事務機に、栗坂から「彰子が姿を消した」と電話が入る。
一九九二年　一月二〇日	一四時頃…　栗坂和也から、本間家に電話が入る。 一五時頃…　本間俊介、理学療法を受け、捜査課に寄って帰宅途中の車内（綾瀬駅）約一〇～一五分後に帰宅。

	二一時頃…	栗坂和也が本間を訪ね、関根彰子の捜索を依頼する。
一九九二年　一月二一日	一〇時過ぎ…	本間俊介が、関根彰子を探し始める。今井事務機を訪ねる。「関根彰子」の履歴書を見る。電話案内で、履歴書にあった会社は三つとも存在しないと言われる。
	一五時二七分…	溝口・高田法律事務所を訪ねる。
	一五時四五分…	溝口弁護士に事情を説明する。
	一六時二七分…	溝口弁護士に、関根彰子の昔の勤め先の住所の情報を貰う。本間の探している彰子は、本物の関根彰子とは別人であるとわかる。
	二〇時…	本間、和也を連れて「関根彰子」のアパートの部屋を見に行く。「関根彰子」のアルバムを手に入れる。
一月二一日	二二時頃…	本間、帰宅。
	二三時過ぎ…	本間、智と話す。ボケがいなくなる。「関根彰子」のアルバムから、「家」の写真を見つける。
一九九二年　一月二二日	一〇時頃…	「関根彰子」の戸籍謄本と住民票を手に入れる。本間、バッカスを訪ねる。コーポ川口の管理人に、関根彰子の私物を見せてもらい、話を聞く。

	午後…	「みどり霊園」のパンフレットを見つける。ローズラインの存在を初めて知る。関根彰子の母親の死に方を知る。「関根彰子」の「家」の写真の引き伸ばしを頼む。溝口弁護士に電話をする。
	一五時二〇分…	同僚の碇貞夫に、関根彰子の雇用記録と除籍謄本、附票をとってきてくれと電話で頼む。
	二一時過ぎ…	栗坂和也に、「彰子」が偽者だと告げる。
一九九二年　一月二三日	お昼…	「長瀞」に、溝口弁護士を訪ねに行く。
	夕暮れ…	碇貞夫が、公園でボケを探す。 碇貞夫から、関根彰子の雇用記録と除籍謄本、附票を受け取る。
一九九二年　一月二四日	二〇時三〇分…	本間、「ラハイナ」を訪ねる。彰子の母親が階段から転落死したことを知る。
一九九二年　一月二五日	宇都宮へ移動する。	
	ロレアルサロンで、かなえの話を聞く。	
	本多モーターズで、保の話を聞く。	
	二一時…	居酒屋で、本多夫妻と会う。「たがわ」で境刑事に会う。

	「関根彰子」の「家」の写真が、モデルハウスであるとわかる。
一九九二年　一月二六日	本間、「大阪球場住宅博」の会場へ行く。「三友総合研修センター」へ行く。「関根彰子」の写真を見せて、社員だったかを確認する。ローズラインと関係があったことを発見する。ローズラインに、「関根彰子」が研修に来たかを確認しに行く。ローズラインのアンケート用紙を見る。片瀬と話す。「関根彰子」が、新城喬子であると知る。
一月二七日	昼過ぎ…本間、碇に事のあらましを話す。
一九九二年　一月二八日	午後…本間宅に、保がやって来る。
一九九二年　一月二九日	午前中…図書館で、バラバラ死体遺棄事件について調べる。新聞記者に、関東・甲信越地方のバラバラ死体遺棄事件の調査を依頼する。
	一六時過ぎ…今井社長から電話がある。みっちゃんから、「関根彰子」が、五月の誕生石の指輪を欲しがっていたと聞く。ボケが、田崎に殺されて捨てられていたとわかる。
一九九二年　一月三〇日	宮城富美恵と会い、話を聞く。「みどり霊園」へ行き、話を聞く。

	霊園のツアーで撮った写真に、関根彰子と新城喬子が並んで写ったものを見つける。
一九九二年　二月一日	三重県伊勢市の倉田康司を訪ねる。深夜、水元の家に帰宅。保が、彰子のアルバムを見せる。
一九九二年　二月三日	ローズラインの片瀬から電話がかかってくる。市木かおりに電話する。喬子が、東京の新聞をとっていたことを知る。
一九九二年　二月七日	名古屋の須藤薫に話を聞く。 一九八九年一一月一九日～二六日の間、新城喬子が入院していたとわかる。
一九九二年　二月一〇日	ボケの葬式。関根彰子が「死んだらピッピと一緒に埋めて」と発言していたことがわかる。
一九九二年　二月一一日	保、一旦帰宅。本間と智、昼食のついでに公園を散歩する。焼却炉で書類を焼いているのを見る。
一九九二年　二月一二日	大阪に到着。片瀬と会う。片瀬が新城喬子に顧客のアンケートの書類を見せてやっていたとわかる。新城喬子の「名前を言わずにいた男」は存在しないと気付く。
一九九二年　二月一三日	碇、井坂夫妻と共に、二十代の女性に電話をかけ続ける。木村こずえから、姉が火事にあいその後死んだこと、新城喬子と最近接触し、土曜日に会う

	約束をしていることを聞く。本間、保を連れ戻す。
一九九二年　二月一五日	銀座のレストランでこずえと喬子が待ち合わせをする。本間と保も喬子が現れるのを待っている。

学生当時をふりかえって

学生が能動的に「参加」するということ

大学の講義を自分なりに定義づけるとすると、少人数のものを除いては常に学生が「受け身」である、という印象があった。そして、自分自身も受け身の姿勢で講義を受けている学生のひとりであったように思う。しかし、その固定観念を覆してくれた授業が、この「私たちが学びたいこと」であった。

この「私たちが学びたいこと」という科目が開講されたのは二〇〇三年度。今から六年前になるが、未だによく覚えている。そして私は幸運にも企画段階から関わらせていただいた。当時所属していた読書運動プロジェクトの活動の一環として、公募制であったこの科目に応募をしてみよう、というのがスタート地点であったように記憶している。当時読書運動プロジェクトを担当してくださっていた三田村雅子教授、そしてこの科目を担当してくださった安藤公美先生、読書運動の学生メンバーと何度も話し合いを重ね、『火車』という作品を取り扱うことや講義の方向性を決めていった。これは、読書運動プロジェクトでの活動全体にも言えることだが、話し合いを通じて〈一冊の本〉が持つ可能性の広さに驚かされることばかりであった。その驚きは私にとって非常に新鮮かつ刺激的なものであった。

この良い意味でのサプライズは講義が始まってからも続いた。授業時に行われたグループ発表において、私たちは主人公・新城喬子の足取りを追った。日本を転々とする主人公が辿りつく土地、その土地の持つ意味……。考えれば考えるほど、『火車』の世界は広がっていく。これにはグループ発表であったことも良い影響をもたらしたと思う。グループのメンバーの意見を聞くことで、自分が描いた『火車』の世界がより広がりを見せた。その作業は実に有意義で、その楽しさは自分の中の好奇心を駆り立てた。そして、他のグループの発表も実に多岐に渡っており、日頃触れることのない法律から色彩に至るまで、様々な方向から一冊の本を読むことができることを教えてくれた。

企画、発表、他のグループの発表、「私たちが学びたいこと」のすべてにおいて、私は常に「この講義に参加している」と感じていた。この感覚は自分にとって今まで感じたことのないものであった。常に作品に対する発見と興奮を味わえたこと、そして刺激を受け続けられたこと。さらに自分がそれを受けて、考えたものを発することができる場があること。その場には、自分の意見を受けてくれる人がいたこと。これら全てが、私が「講義に参加している」と感じることができた要因であると思っている。

最後に、読書運動プロジェクトの活動に携わることができたこと、そして「私たちが学びたいこと」の授業を受講できたことは、私の中で現在でもとても大きな意味を持っている。

また機会があれば、あの頃『火車』について語り合ったメンバーで、何か一冊の本を読む、ということをやってみたい、と結構本気で考えたりもする。そして、何より一冊の本が持つ無限の広がりを体感できたこと。これが一番の収穫であった。学生である私たちに、数年経っても残るモノを感じさせてくれた三田村教授、安藤先生、そしてお世話になった方々に心からの感謝を伝えたい。

（二〇〇三年度読書運動プロジェクト　リーダー　髙橋由華）

読書運動から学んだこと

「私たちが学びたいこと」の授業企画案が採用になったとき、正直驚いた。何しろ始めての試みである。自分たちの好きなことを学ぶ、これが大学生なんだという喜びと同時にこの企画は他の学生に受け入れられるのか、という漠然とした不安が湧き上がってきたも当然のことであろう。企画段階から携わった教授、仲間、図書館、そしてなによりこの授業を受けた学生によって、ミステリーを読み解くこの授業は最終的に成功裏に終わったと思っている。

授業は安藤先生の講義＋グループワークで成り立っていた。大人数ながらまるでゼミの授業を受けているようであった。学部も学年の垣根も越えて交わした議論は授業中にとどまらない。皆の意見はもちろん一致するわけもなく、お昼を食べながら……というときもあった。今更ながら熱い授業だったと思う。

授業は話を聞くだけではない、黒板を写すことでもない。自分の思うことをさらけ出す場であったと私は思っている。最終的な結果が論文集として手元に届いたときには感無量だった。このうすっぺらだけれど、中身がずっしりとしたうす水色の論文集は、「私の大切な一冊の本」になった。

活動は授業だけにとどまらない。『火車』のテーマにそった講演会、読書会が数多く開催された。中でも本学ならではの音楽学部とのコラボレーションが深く印象に残っている。宮部みゆきの『鳩笛草』の一篇「燔祭」を音楽学部の学生に読んでもらいその印象を曲にしてもらうのである。こんなおもしろいことができてしまうのもいろいろな学生が授業に参加して、意見が飛び交っていたからであろう。これはその年の大学祭で朗読と共に披露され、本を読んでいない人に読んでもらうきっかけにもなった。

「本を読む」この行為はいろいろな情報がテレビなどのメディアから入ってくる今、一見めんどくさいかもしれない。がいつかきっと役に立つと私は声を大にして言いたい。ある人には辛いときのこころの拠り所に、またある人には日常のコミュニケーションツールのネタとして、またあるときには自分を変えるきっかけになるかもしれない。「一冊の本が無限の可能性を秘めている。」この授業で得た最高の答えである。かく言う私は、本好きの旦那と結婚し本棚を置く場所に悩む毎日である。

（二〇〇三年度読書運動プロジェクト　サブリーダー　合澤早希）

読書運動の記録

現代に生きる女性たち——宮部みゆきの小説を中心に

東洋英和女学院大学教授　与那覇恵子

はじめに

現代に生きる女性たちは様々な情報にさらされています。テレビや女性雑誌の発信するエステや美容整形、ブランド物の広告は、日常生活では「しがないＯＬ」である「私」をそれによって変容させてくれるかもしれない、という幻想を与えます。〈いっぱい買物して、贅沢して、高級品に囲まれてれば、自分が夢見る高級な人生を実現できたような気になれて幸せ〉(『火車』双葉社、一九九二年七月)、という錯覚を引き起こしかねません。

短編集『返事はいらない』(実業之日本社、一九九一年一〇月)に収録されている「ドルシネアにようこそ」(「週刊小説」一九九〇年三月二日号)には、働かないで家事手伝いをしながら何枚もクレジットカードをつくりブランド物を買い遊びまわっている小百合という女性が登場します。すでにカード破産の身ですが、友人の名義でつくって使う。消費の欲望から抜け出せない女性です。小百合の場合は親がその状況を何とか断ち切らせようとします。しかし、「裏切らないで」（「週刊小説」一九九〇年三月二九日号）の道絵は消費が災いして殺されてしまう。

現代は様々なモノに満ちあふれています。私たちは何かを選ぶ時に自分の意思でそれを選んでいる、と考えている場合が多いと思いますが、実際にはテレビ、雑誌などの多様なメディアから流される情報によって洗脳され選んでいるのかもしれません。もちろん、消費に無関心な女性も、欲望を押し留められる女性もいます。宮部みゆきの作品にはそれこそ様々なタイプの女性が登場しますが、多く描かれるのは消費社会に踊らされている女性たちです。

一九九〇年代までのメディアは「若い女性」を価値あるものと見なしつつ、一方で他の女性たちとの差異化をはかるべく消費を促す情報を流した。そんなメディアの戦略にはまり、欲望を抑えられない、他者のまなざしに侵食される、ある意味で消費社会が生み出したともいうべき女性たちの存在について考えてみたいと思います。

金で夢が買える人生

現在は高度資本主義社会と言われています。「高度資本主義社会」を簡単に定義すると、

「何でも金で解決できると考える社会」と言えるでしょうか。物だけでなく愛情も、幸せも、教育も、何でもお金で買うことが出来る。そのような考えは、とくにバブル期に蔓延していたように思います。

村上春樹の『ダンス・ダンス・ダンス』（講談社、一九八八年一〇月）には、キーワードとして高度資本主義社会という言葉が何度も何度も出てきます。この小説には、自分の子供をどう教育していいかわからない、上手く子供と関係を結べない、そんな両親が登場します。そこで両親は、娘がなついた「僕」に、とにかくお金は幾らでも出すから、お金のことは心配しないで娘の面倒を見て欲しい、と頼むんです。日々の生活の中で築いていく親子の愛情関係ではなくて、お金を与えることで子供の面倒を見ている、という発想がここにはあります。「僕」は、そんな両親に批判的なのですが、親はその考えから抜け出せない。

両親にも自分のやりたいことがあって、子供の面倒を見るために時間を割くより自分のしたい仕事に時間をかけたい、と思っている。母親も、この仕事を逃したくない、仕事が楽しい、と考えているんですね。お金はあるのだから、子供の教育に適している人間がいれば、子供がそれで満足しているように見えれば、それを活用する。その方が合理的だというお金の使い方です。人間関係が、全てお金に換算できる、という発想でしょうか。

恋人商法

宮部みゆきの小説には、村上春樹の小説に登場するような大金持ちはほとんど出てきません。宮部の作品では、若い女性もどちらかというとぱっとしない会社のＯＬです。彼女たちはささやかなお金を得て、色々なものを買う。さらにお金を得て、それを資本に自分のステップアップが出来るのではないかという幻想を生きている女性が多い。

『魔術はささやく』（新潮社、一九八九年一二月）には〈恋人商法〉と言う言葉があります。この小説で女性たちは〈愛〉を売ってお金を得ようとします。テレホンクラブ（テレクラ）のような仕事です。それを商売だと感じて割り切って付き合う男性もいますが、なかにはヴァーチャルな状況が呑み込めなくて、相手の女性にのめり込んでしまう男性もいる。女性たちは仕事として恋人のふりをするのですが、そういったことに慣れていない男性は、それを自分に対しての愛と勘違いしてしまう。それでどんどんのめり込んで、その女性と離れられなくなってしまいます。それを鬱陶しいと感じてしまう女性もいるんですね。

一方で、男性が自分を深く愛しているということを感じて、それを恐怖に思う女性もいます。自分がその愛に値する女性ではないという、やっている仕事の後ろめたさでしょうか。この辺り女性の心理を描くのが宮部みゆきはうまいですね。

これは仕事だからと男に奢らせ、お小遣いをもらって終わり、と割り切る女性もいますが、宮部みゆき作品では「非情になれない」女性が魅力的です。男性が純粋な形で近づいてきますと、女性はなかなか振り払うことができません。振り払うことができない上に、自分がこれまでやってきたことを考えると、相手の愛情を受け取ってはいけないのではないか、とも考えます。様々に揺れ動くんですね。

『魔術はささやく』の高木和子は、自分に執着する男性に対して自分は彼に値しない、といつのまにか考えてしまう。そして自分が無垢な男を騙してお金を取る〈恋人商法〉に関わっていた女だと告げる。さらに彼の自分に対する想いを断ち切らせようと、彼女たちのやっていた仕事を掲載していた雑誌を見せる。それは彼女自身の愛の表現なのですが、凄いショックを受けた男性は自殺してしまう。男を手玉にとって金儲けをする、それに徹し得なかった彼女の意識が悲劇を生む。金儲けのために他人を利用する、そこまで「悪」に徹しきれないところが、宮部みゆき作品に登場する多くの女性たちの特徴です。

〈恋人商法〉をやめた高木和子は、美容部員として働いている。〈このお化粧品をつけると凄くあなた美しくなりますよ〉というセリフで何十万もする化粧品を売りつける。

恋人を装って男の財布を開かせるのは、三幕の芝居を演じ通すことに似ていた。幕が降りる前に勝手に退場できる芝居だが、セリフもしぐさもちゃんとできていなければ、どこかで破綻が生じてしまう。それが面倒になってきて、仕事を変えた。
　だけど、人を騙すことでは同じだ。

現在は女性を騙す仕事をしているという訳です。

ときどき考える。あたしはこれを楽しんでいるのだろうか。
答えはいつも出てこない。間違ったキーを押したときのコンピュータのように身体の奥のどこかでエラー音が鳴る。そのままいっても先へは進めませんよ、と。

ここは、彼女自身が自分のやっていることに嫌悪感を持ち始めている所といえます。

和子はいい腕をしていた。恋人商法に欠かすことのできない演技力があった。それはとりもなおさず、誰よりも先にまず自分自身を欺くことのできる才能だった。

相手も自分も欺く才能、これが決して良い〈才能〉でないことは、彼女自身がよく分かっている。「嘘」だけれど、相手に「夢」も与えている。恋人のできない男性に夢を見させるのです。自分もある一定の時間だけは恋人になって〈楽しんでいる〉という意識を持つことができるんですね。とくに和子はそれができる女性でした。だからお金はどんどん入ってくる訳です。

一時はあちこちと旅行した。ひとつきのうち二度海外に出たこともある。パスポートはもうヴィザで真っ黒だ。それでも、今思い出してみると、特に心に残る土地も風景も見あたらないのだった。

おかしなことに、空港の風景だけは覚えている。世界中のどこでも、人間が目的地の途中で立ち寄り、通りすぎていくだけの場所なのに。

〈高収入で、したいことができた〉けれど、中味はどうやら空っぽで、気持ちは満たされていないのです。一緒に〈恋人商法〉をやっていた女性たちも、

女どうしの小競り合いに明け暮れる保険会社の仕事に嫌気がさして、別の道を探していた。みんな、次の段階に進むための資金がたまったらすぐに、こんな詐欺まがいの仕事

なんかやめるわと言っていた。

と、嫌な仕事だと考えています。けれど、お金を払って恋人関係になれると信じている男もいた。

あんなふうに心が通いあい、あんな幸せなことが本当にあると、彼らは思っている。そんな幻を、まだ信じている。だから和子に騙されるのだ。彼らの目のなかに一片の疑いの雲でもあれば、そんな素晴らしい出来事などそう簡単に自分のほうに転がってくるはずがないという幻滅があるなら、和子はいつだって演技をやめる。そうやって途中で「降りた」男だって少なくはない。

和子は、お金を払うことによって恋人というような関係が持てる、そのような幻想を抱いている人間は騙して当然だと考えています。でも〈一片の疑い〉も持たない人間もいるんですね。そんな男性に出会って、後ろめたさを感じさせられたわけです。それが前述した自分の仕事の内容をその男性に告げるという行為になったわけです。

この作品が発表された一九八九年はバブルがはじけていく年です。バブル時代はお金で何でも買える、お金で何でも出来る、そういう風潮がありました。宮部みゆきは、そのように考えつつも言葉にできない違和感を内包した女性を造型しています。宮部の作品には常に倫理観が存在しています。

すれ違う男と女のまなざし

ところで、和子たちのやっている恋人商法を匿名座談会の形で週刊誌に掲載した男性がいます。橋本信彦はフリーのライターで、世間の酸いも甘いも知りつくした、純粋な心というものを既に失ってしまった人物です。

坊ずはバカだった。世間知らずで無防備だった、下心を持った報いを受けた。そして彼女は、坊ずと同時にほかにも何人も坊ずのような男たちを操っていた。バカをみたのは坊ず一人じゃない。そのとおりだ。だが、どんなにバカで無知でお人好しでも、夢を見る権利はある。そして夢は金で買うものじゃない。まして売りつけられるものでもない。わかるか？　坊ずにしなだれかかってきた女は、その最低限のルールさえ無視していたんだ。彼女の頭にあったのは、坊ずがバカでお人好しで、寂しいということだけだった。

ある程度までは彼女を満足させられるだけの金は持っているということだけだった。

お金との交換で愛情が得られる。あるいはこのような女性を恋人にできる。そういう夢があって、実際にその夢が買えるというような状況が展開された時、それが買える錯覚を起こす男性よりも、それを金で売ろうとする女性の方を、橋本は悪と決めつけています。橋本は座談会での彼女たちの態度を次のように語っています。

あの座談会で、集まった四人の女どもがしゃべったことには、俺は一言半句も手を加えちゃいない。どんな汚い言葉も、嫌らしい言い回しも、何一つ付け加える必要なんかなかった。あれはみんな彼女たちの口から出た言葉だ。全部がそうだ。隅から隅まで、一かけらの誇張も修正もない。女の子たち。きれいな顔をしていい服を着て、虫一匹殺せない。けっして貧しくない家庭で、真面目な親たちに育てられ、ほどほどにいい学校でちゃんと教育を受け、友達もボーイフレンドもいる。毎年十月が来れば真っ先に胸に赤い羽根をつけて歩く。そんな彼女たちが得意満面でしゃべったことだったんだ。いいか？　得意満面でだぞ。彼女たちは面白がってた。悦にいってた。仕事から帰っても迎える人がいない、日曜日に行くところもない、深夜スーパーで一人分のできあいの飯を買って帰るのが寂しい――そんな男たちから金をまきあげるのが愉しいと言ってな。彼が彼女を喜ばせようと、頭をしぼって、身銭を切って買ってきた野暮ったいスカーフを、駅のゴミ箱に放りこむのがたまらないと笑ってな。

橋本は彼女たちの態度に怒りを感じていますが、彼女たちもまた陽気なふりをしなければ語れなかったのです。彼女たち自身も、本当はそんな形で得た金で自分たちのもう一つの夢を買おうとしている訳なんですけれども。

若い女性はいつの時代でも「商品」となった。八〇年代後半から九〇年代にかけては、罪悪感を持たないで若い女性が自分を市場に出したといえるかもしれません。この小説に登場する四人の女性たちは外見的には美しいと書かれています。ですから一定の男性に好意は持たれるんですけれど、今以上のステップアップを彼女たちは求めています。「寂しい、どこにも行くところがない、恋人が居ない」男たちを手玉にとってお金を稼ぐ。橋本はそんな彼女たちのやり方を許せないと思うのですが、彼女たちは自分たちがステップアップする為には生贄となる男たちは必要だと考えています。女性たちの意識の中にそのような考えが蔓延したのもこの時代のような気がします。しかし、宮部みゆきが描く女性たちの夢はほんの些細なものともいえます。

些細な欲望のために他者を

消費社会では夢も、愛情も、恋もすべてお金で買えると考えます。しかしそこで買ったものは、ある時間だけ幸せをもたらすに過ぎない。少しのお金と交換された限定付きの愛や夢、といっていいかもしれません。それが消費社会のルールだと捉えて女性たちは〈恋人商法〉の仕事をする。金で愛を買うヴァーチャルな世界で本気になる男たちが馬鹿なんだ、というのが四人の女性たちの発想であるわけなんですが、何度も言いますように女性たちも、そのルールを徹底化しえていないのです。それで結局この仕事を辞めることになっていきます。

ところで彼女たちの夢ですが、美容整形をする、少し高めのブランド物を買う、というようなとても些細なことなんですね。宮部みゆきの小説では家を買う、というような夢には男性が登場してきます。女性はファッショナブルになって、もう一つ上の男性との出会いを求めるとか、貯めたお金でキャリアを積む為の新しい知識を身につけるとか、ちょっと頑張れば手が届くかもしれない夢に賭けます。四人の女性たちも、ＯＬである自分を少し変容させたいという願いから〈恋人商法〉をするようになったわけです。それは本当に些細な欲望だと言っていいと思います。しかし、その欲望を叶えるために他人を足蹴にすることを躊躇しない。そして「騙される方が悪い」という考えに疑問を抱かない。そんな考えが浸透していった時代です。

差別化する社会

『火車』（双葉社、一九九二年七月）には現在の自分自身からちょっと変わりたい、という理由で万引きをする少女が出て来ます。この作品はカード破産の怖さを扱っているのですが、なぜ世の中でカード破産が増えているのかという背景を少女の万引きに見ることができます。次の引用は、殺人事件と関わりがあるらしいカード破産をして失踪してしまった女性を追う本間俊介という刑事の言葉です。

> 万引き常習犯の少女のことだった。語弊のある言い方ではあるが、腕のいい女の子だった。仲間の密告がなければ、まず捕まることなどなかっただろう。若者向け高級ブランド専門に荒稼ぎをしていた彼女は、しかし、人前で盗んだ洋服を身につけることはなかった。かといって、足がつくのを恐れたわけではない。自宅の自室で、ドアに鍵をかけ、誰の目にも触れる恐れがないようにして、大きな姿見の前に立ち、とっかえひっかえ着てみるのだ。あれこれとコーディネイトを工夫し、洋服だけでなく時計やアクセサ

リーまできちんと組み合わせ、ファッション雑誌のモデルのように着飾ってポーズをとる。ただ姿見の前だけで。そこなら、似合わないねと言われる心配がないから。そして、表を歩くときは、いつも、膝の出かかったジーンズをはいていた。

誰もいないところでだけ、自己主張をする。負い目があるとそうなるのだと、悟ったような気がした。

美しい女性たちが華やかに装うとちやほやされます。物が溢れている世界で彼女たちと同じように装いたいと多くの女性たちも思います。だけど美しくない女性は、「似合わないね」と言われることの恐怖に立ちすくむ。万引き常習犯の少女は、色々なものを買う。このアクセサリーを付けてみたいと思う。この洋服を着てみたいと思います。だけどそうすると、あんたなんかには似合わないよ、と言われてしまう可能性がある。消費社会なのに、すべての人に同等に物が消費されるわけではないのです。身につける人が選別されているのです。物に選ばれない者の〈負い目〉とは、なんと無惨な社会でしょうか。

先に紹介しました「ドルシネアにようこそ」では、ディスコが客を選別するという話が出てきます。六本木のディスコ、ドルシネアは、それなりの服装をしていないと入れないという噂がある。速記の勉強をしている専門学校生の伸治はダサい格好をした、絶対にドルシネアに入れないようなタイプです。そんな伸治が駅の掲示板に〈ドルシネアで会おう〉と、あたかもそこに自分が行くようなことを書き続けている。その伸治のメッセージに返事を書いた少女がいて、彼はひょんなことからドルシネアに入り、その少女小百合と会うことになる。だが小百合は会うなり〈ヤダぁ、やっぱりホントにさえないわねえ！〉と吹きだす。

小百合はカード破産しているのですが、髪はボブカットにし、手首には金のブレスレット・ウオッチをはめています。〈ダサい格好〉と言われないためにお金をどんどん使ってカード破産しているにもかかわらず、破産の恥よりダサい方がより彼女にとっては恥なんです。消費社会の意識といっていいかもしれません。

人は表には出さないけれど意識の中で、本当はこういうこともしたい、ああいうこともしてみたい、と色々考えているわけです。伸治も一度で良いからディスコに行ってみたい、と思っています。でもなかなかそれは叶わない。それは現在の自分の全部を変えなければならないのですから。彼がどうしてもドルシネアに行きたいと願えば、クレジットカードでそれは簡単に手に入るかもしれない。でもそれは小百合と同じように転落と紙一重なのです。夢はある意味で簡単に叶うけれど、転落も早い、というのが消費社会かもしれません。

さて『火車』の少女は、少し自分を変えたいと思っています。お金もなくカードも作れない少女は万引きをして物をゲットするのだけれど、周りの仲間たちは似合わない、それであなたは変わらない、という。だから彼女は人に見せるのではなく自分の部屋で小さな夢の世界に浸る。

ブランド物を身に付けた些細な変身によって彼女自身は美しい女性に変身した、と満足しているかもしれない。でもやはり違うのでしょうね。他人の視線がそう見ていないことを知っているから彼女は部屋の中だけで自分を主張するのです。刑事の目は〈負い目があるとそうなるのだ〉と見るわけですが、〈負い目〉とは、自分に自信がないから他人に自己主張することができない意識の弱さでしょうか。

私は美しくない、似合わない、と思うのは他者の視線を内面化した意識ですね。自分はこれでいいのだというようには考えない。ブランド物を身につければ、それなりの女性に見えるかもしれない、と思う。自分がこれを好きだから買う、好きだから着るというのではなくて、それを身につければ、ブランドものを身に付ければ、一定のレベルになれるのではないか、という意識です。

差別化を超えて

鏡を見ながら満足しつつも、でも、もしかしたら外部の目は違うのではないか、という不安を少女は持っています。美人である、美人でない、似合う、似合わないというように女性を分けてしまう社会。そんな社会の視線を内面化している少女に本間俊介は同情するのですが、ディスコに入れる人間と入れない人間というように男も差別化されています。そこではお金がある、ないということが大きな意味をもちます。

「ドルシネアにようこそ」では、六本木のディスコに地下鉄で来る者と車で来る者を差別化する視線が語られています。地下鉄で来るようなお客は本来のドルシネアの常連客ではないはずだということで、地下鉄で来ていた小百合に伸治が深い同情を持つという場面もあります。しかし店の経営者の女性は〈店が客を選ぶなんて〉考えてもいなかった。〈働くことに夢中で、自分の身をかまってる余裕なんてない〉〈働いている人たちに、月に一度でもいいから、贅沢な気分を味わって〉もらいたかったと言っています。

働いてもあまりお金がもらえない人たちのちょっとした息抜きにこのディスコがなればいいという経営者の意図を離れて、店自体が逆差別化されてしまったという皮肉な現象になっています。ただ最後の場面は速記試験に受かった伸治へのメッセージとして、駅の掲示板に〈ドルシネアにようこそ〉と書かれて終ります。それは経営者の言葉であるのですが、ここはあなたたちに開かれた場所なのだ、差別をはね返して、という宮部みゆきの声でもありましょう。

宮部が庶民の視点に立って書く作家だとは良く言われていることです。お金のあまりない若い男女が寛げる場所としての開かれたディスコ。現実にはなかなかそんな場所はないんでしょうけれど、宮部みゆきはそれを夢見ている、という風に感じます。人情というか、人と人との繋がりを大事にする。お金の無い若者たちが行ける場所を提供する大人がいる。金儲けだけの社会ではない、という作者のメッセージが込められている。もちろん現実はそんなに甘くない、と語る作品もあります。

カード幻想

ところで、人はうんざりするような日常のちょっとした気分転換に、新しい洋服を買うとか美味しいものを食べる、ということでストレスを解消することがあると思います。カードがあれば現金がなくても気分転換はできます。ただ気分転換がエスカレートしていくと、気づかないうちに預金が底をついていたということもありうるわけです。お金はなくなったけれど物欲はどんどん膨らんでいく。

『火車』に登場する関根彰子は、会社勤めをしていたのですがカード破産してスナックで働くようになり、何者かに殺されてしまいます。一緒にスナックで働いていた宮城富美恵は彰子のことを次のように語ります。

〈彰子ちゃんとも話したことがあるんだけど、要するにあの娘、故郷でないところで自由になって、全然違う人生を歩きたかったんですよ。だけど、現実にはそんなことありっこない。人生なんて、そう簡単に変わるもんじゃないから〉

年配の富美恵は、若い人たちの気持ちも理解していますが、簡単に新しい人生なんか開ける訳がないと諦めている。富美恵はとても現実的です。

〈お金もない。学歴もない。とりたてて能力もない。顔だって、それだけで食べていけるほどきれいじゃない。頭もいいわけじゃない。三流以下の会社でしこしこ事務してる。そういう人間が、心の中に、テレビや小説や雑誌で見たり聞いたりするようなリッチな暮らしを思い描くわけですよ。昔はね、夢見てるだけで終わってた。さもなきゃ、なんとしても夢をかなえるぞって頑張った。それで実際に出世した人もいたでしょうし、悪い道へ入って手がうしろに回った人もいたでしょうよ。でも、昔は話が簡単だったのよ。方法はどうあれ、自力で夢をかなえるか、現状で諦めるか。でしょ？〉

しかし現在は、クレジットカードというものがありお金がなくてもお金が使える。いつかはそれを返せるという幻想をカードが生み出しています。

〈今はなんでもある。夢を見ようと思ったら簡単なの。だけど、それには軍資金がいるでしょう。お金持ってる人は、自分のを使う。で、自分ではお金がなくて、『借金』という形で軍資金を作っちゃった人間が、彰子みたいになるんですよ。あの娘に言ってやったことがありますよ。あんた、たとえ自転車操業でお金借りてても、いっぱい買物して、贅沢して、高級品に囲まれてれば、自分が夢見る高級な人生を実現できたような気になれて幸せだったんでしょうって〉

彰子は、〈そうだったって。そのとおりだったって。〉と、答えているのです。

高級品に囲まれて生活していると、自分のレベルが高くなったような錯覚を起こすこともありうる。あるいはこれこそが私が思っていた夢なのだ。私はこういう生活をしたかったんだ。だから今、このような生活をしているのだと錯覚してしまうかもしれない。でもその生活は自分自身の力で稼いだお金で築いたものではなく、クレジットカードに依存したものです。それは借金なのですが、カードを使えば夢が叶えられる、幸せになれるという幻想が八〇年代から九〇年代にかけて生み出されていった。

破産すればそれが幻想だったと気づくのでしょうが、何とかやりくりできていればその幸せに浸っていられる、というわけです。高級ブランド品を身につけ、高級家具に囲まれた生活。それが「幸せだ」と思い込んでしまった女性たちが登場した時代でした。

差別化する「幸せ」

ところで、従来から言われてきた「自分の好きなことをするのが一番幸せ」、と考えているのは、『火車』では男性です。本多保は、父親が自動車修理工場を経営しているせいか小さい頃から自動車が好きな上に、修理をするのも好きでした。父のもとで働くことに何の疑問もなく、一生懸命働いてそれで幸せを感じています。

保の妻郁美は都会でＯＬをしていました。「花のＯＬ」とおだてられても仕事はお茶汲みぐらいしかなく、結局辞めて故郷に帰ってきて結婚し、子供も産まれています。そんな彼女の所にかつての同僚から電話が掛かってきます。色々な話をした後で〈今どうしてんの？〉と聞かれ、〈子育てで大変よ〉と答えたら、その女性の舌打ちが聞こえ、電話も唐突に切られてしまう。郁美は〈たぶん、彼女、自分に負けてる仲間を探してたんだと思うな〉というふうに分析します。都会から田舎に帰ってしまった者は、きっと幸せではないだろう、という思い込みから自分より幸せじゃない女性を探してそれでちょっと優越感に浸ろうとしたのでしょう。

『火車』で描かれるのは、物に囲まれて幸せを感じる女性と、自分より幸せでない女性を見て幸せを感じる女性です。今会社で置かれている自分の状況は良くないけれど、田舎に帰った彼女はもっと惨めな生活をしているかもしれない。そういう女性に電話して自分の華やかな都会での生活を語り、相手から田舎は嫌なんだよね、という言葉を引き出し安心する。そこに幸せを感じるという、これもささやかな幸せの捉え方といえるでしょう。

相手より少しだけ自分が上だと思える状況の確認。それは自分自身の幸せというもの、何を自分が求めているのか、何のために生きているのか、ということが逆に分からない心象風景を映し出しています。「あの人より良い物を着てる」、「あの人より少しお給料が良い」、「あの人より何とか」という比較でしか幸せを感じ取れない女性たちが宮部みゆきの作品の中には多く登場しています。それが特に若い女性たちに多いということは、物に弱いのは若い女性ということでしょうか。

今の自分でない「何者か」

物があることや比較の優越で感じる幸せは錯覚に過ぎないというようなことは、男性の本間俊介の言葉で語られていきます。

本間は考えた。関根彰子は子供時代から幸せを実感したことがなかったのかもしれない。だから、昔の自分、今の自分ではない「何者か」になるために、いつも焦っていたのだ。

それは、たまたま彰子が母子家庭の出身だったからとか、学校の成績が良くなかったからだとか、そういう個別の要因から生まれた焦りではなかったろうと、本間は思う。それは誰もが心の中に隠し持っている願望であり、生きる動力となるものであり、それこそが一人の「個人」であることの証拠なのだ。

関根彰子は、その願望を果たすために、あまり賢明ではない方法を選んだ。「あるべき自分」の姿を探す代わりに、そういう姿を見つけたような錯覚を起こさせてくれる鏡を買ったのだ。

しかも、プラスチックの砂上の楼閣の上に住んで――

かつては母子家庭であることやあまり成績が良くない、といったコンプレックスが自分自身を変えていく原動力になり、自分を新しい道に導いていく方法にもなった、と本間は暗に伝えています。一人一人が個別にあり、異なっているということの意味を考える。そして、そう在ることの状況を認識して自分の人生や生き方を探し出さなければならない。母子家庭で、貧しくて、頭も良くない、そのような環境から抜け出した「こうなりたい自分」になるにはどうすべきか。彰子は深く考える前に物でその状況からの脱出をはかった。

彰子の行動を批判するのはとても容易いんですね。でも環境として様々な情報が流されているわけですから、物欲を刺激する情報から個人の意識を遮断することはなかなか出来ないわけです。多様な情報が「こうすればあなたは幸せになれる」「こうするととても良い生活が送れます」というメッセージを送る。そう言われると、「ああそうなのかな」と思ってしまうことも当然あるはずです。

オプショナル・ツアーのない人生

本間はそういう風に思い込んでいってしまう女性たちに、方法は間違えているけれども、一種のあわれみを抱いていて、必ずしも批判的ではありません。彼女たちの願望は些細なものでもあります。小さな満足を得ようとして、カード破産に追い込まれていく女性に同情的ではあります。

一方、カード破産が多発するのはその運用制度に問題があるからでもあります。彼女たちの些細な買い物に大きな返済利息がつき、いつの間にか雪だるま式に膨れていってしまう。そういった制度のありようを『火車』は強く批判しています。

物によって幸せを得られるという風に考える若い女性たちについても同情的でありながら、少し批判もあります。全身をブランド品で飾りたい、という意識ですね。整形手術をしたい、高いお化粧品を使いたい、ということも含めてブランド物で身を固めるということは、外見を重視した意識のありようだと思います。人にどう見られるか、という意識がとても強いんですね。見られる意識がユーモアを持って描かれたのが「人質カノン」（『オール讀物』一九九五年一月号）です。

遠山逸子の働くコンビニに強盗が入ってきます。強盗に脅されて彼女たちは動けなくなってしまいます。そしてあるきっかけで強盗がピストルを撃ち、鏡が割れてしまいます。そんな非常時に彼女は靴のことを思います。

ローファーを履いていてよかったと、逸子はちらっと思った。お気に入りのパンプスでなくてよかった。あれを履いてこんなところを歩いたら、踵が傷だらけになってしまう——

自分の命が危ないかもしれない時に、お気に入りの靴のことを考えてしまう。「物が大事」と言う意識が咄嗟に出てしまう。そんな女性の意識が、この作品の中ではユーモアを持って、批判的にではなく捉えられています。逸子はもちろん命より物が大事だと思っていませんけれども、やっとの思いで買ったのでしょうか。ここにはそのような説明はありませんが、そのパンプスがそれこそ彼女のとても大事な物の一つであるということは示されているいると思います。こだわりは、それだけではありません。

逸子はふと、考えた。あたしだって、今ここで撃ち殺されたとしても、べつに誰も困るわけじゃないんだわよね——と。

仕事は誰かが引き継いでくれる。どうせ、逸子でないとできない仕事など、ひとつも任されてはいないのだ。少しのあいだは同僚たちも悲しんでくれるだろうけれど、それもどのくらい続くものか……。目立ちたがりの聡美など、被害者の同僚としてマスコミの取材を受けることができて、ちょっぴり喜びさえするかもしれない。

故郷の両親は、もちろん、気も狂わんばかりに悲しむだろう。だけどそれだけではやっぱり、寂しい。「親」しか関わってくれない人生なんて、オプショナル・ツアーのないパック旅行みたいなものだ。

「せめて、もうちょっといい場所で人質にされたかったな」と、思わずため息が出た。

「自由が丘とか下北沢とかさ。ああいう町のコンビニとか飲み屋とか——」

人質になって死ぬにしても、誰も知らないつまらない場所ではなく、若者に人気の華やかな場所で、ということですね。生き延びたとしても死んだとしても、マスコミで取り上げられるなら華やかな場所がいい、という場所のブランド志向でしょうか。外見を重視する意識は、宮部みゆきが描く80年代90年代の若い女性たちに一貫して流れているものです。

「選択される」女と男

「返事はいらない」（『小説新潮』一九九〇年六月号）と「生者の特権」（『オール讀物』一九九五年七月号）には、裏切られてしまう女性が登場します。これらの小説では、結婚相手を選ぶ時に二股をかけ、自分に都合のいい女を選ぶ男のエゴイズムが描かれます。女性にもその要素はあって、「返事はいらない」の羽田千賀子は何人かの男たちを同僚たちと競って結婚相手を決める。その男性が好きだからと言う訳ではなくて外見が良い、見栄えが良いということで男を選ぶということもあります。それはやはり「物」として男性を見ている、ということでしょうか。他の女性たちから羨ましがられる男性と一緒にいる自分、という形で優越感に浸るのでしょう。

男性の場合は相手が金持ちであったり、その女性の父親が会社経営をしていたりという理由で選ぶ。互いにどちらがより得かという観点から恋人を選択する。恋愛にもちゃんと損得勘定が働いているのですね。

自力で戦うしかない女性

ところで『火車』には「自力で戦うしかない女性」も描かれています。新城喬子は自分自身の落ち度ではなく、親がローンの返済ができなくなって家を追われ、やくざに追われる生活を余儀なくされる女性です。生き延びるために彼女は他人に成りすます。身代わりの女性を殺して、彼女になりすまし、とにかく生きていく。そんな彼女を、本間俊介刑事は、次のように語ります。

彼女は他人の戸籍を盗み、身分を偽り、それが露見しそうになると、目前の結婚を蹴って逃げ出している。何が目的なのか、何があったのかはまだわからないが、その行動が、いわゆる恋愛のため、男のため、情欲のためではないことは確実だ。（略）ただ、自分のためだけに。そういう女だ。そしてこういう女は、たしかに、十年前にはまだ社会のなかに存在していなかったかもしれない。

ローンが返済できずに一家は離散します。喬子は売春を強要されます。そこから何とか逃げ出して働くわけですが、そこにはいい洋服を着たいとか、いい結婚をしたいとかの思いは一切ありません。家族も友人も誰も頼る者がいない、制度も守ってくれない、とにかくそういう状況の中でも生き延びる。生きるためだけに生きている、そういう女性として喬子は描かれています。本間は、彼女は殺人犯かもしれないけれど、誰にも頼らずに、というより頼る場所もなくて生きている、そんな彼女に惹かれていきます。

ところでそんな喬子なのですが、非情になれないところもあります。殺した女性のアルバムを友達に送ったり、可愛がっていた十姉妹を葬った場所に自分も埋められたいというようなロマンチックな所もあります。結局、送ったアルバムや十姉妹を埋めた土地を見に行ったことから足がついていくんです。

一人で生きる決心をして、人を殺し、その人間になりすまし、新しい戸籍も得たのですが、一切の痕跡を残さない、非情になる、ということができない女性だったんですね。情にとらわれてしまうのが、宮部みゆきの描く女性像の特徴でもあります。

桐野夏生の『ＯＵＴ』（一九九七年講談社刊）では、主婦たちが、その仲間の一人の夫を殺害し、その死体をバラバラにして始末します。その体験から主婦たちは殺人請負人になっていくんですけれど、主人公は一切の感情を排除して夫とも子どもとも関係を断ち、さらにはすべての人間関係を断ち切って非情に生きていきます。

主人公は、自分が生きたいような人生を生きるために必要なお金を得る手段として人を殺し、その死体を解体するのも全然厭わない女性として登場しています。ここにも、誰にも頼らずに一人で生きていく新しいタイプの女性が登場しているわけなんですが、桐野夏生の主人公のようには、宮部みゆきの登場人物たちは非情に成り切れない。桐野の主人公は、うまく警察も騙して逃亡していくんですが、『火車』の主人公は最後には捕まってしまうだろう、と予感されます。

しかし、本間の心情にも表れているように、人を救うのは人、人と人との繋がりなのだというのが、宮部みゆきの発想だと思います。非情になれないわけですね。

おわりに

時間がありましたら、皆さんにお聞きしたかったことがあります。『模倣犯』の、女を性的な対象としてだけ考える男たちを変えていくことが犯罪を減らしていく、ということに対する意見。宮部作品では「物」に頼る女性が多く描かれていますが、そういった風潮は身近で感じられるのか、などです。

大急ぎでまとまらない話になってしまいましたけれども、金と物によって自分の人生が変えられると思う女性たちが八〇年代、九〇年代に増加したことは確かだと思います。しかし、宮部みゆきはそんな物におどらされる女性たちに必ずしも批判的ではありません。愚かさ、浅薄さも含めて女性を捉えていこうとしています。メディアに毒された、毒されただけでなく操られた女性たちのささやかな「夢」は、今後どう表現されていくのか。見つめていきたいと思っています。皆さんも同伴していってくださいね。(了)

(二〇〇三年度読書運動プロジェクト　第四回講演会より)

参考文献

野崎六助著『宮部みゆきの謎』情報センター出版局、一九九九年六月

歴史と文学の会編『宮部みゆきの魅力』勉誠出版、二〇〇三年四月

宮部みゆき『火車』を読む——読者・ミステリ・現代

文学部非常勤講師　安藤公美

今回は、前期の授業、「私たちが学びたいこと」から、読者の層、話型としてのミステリ、『火車』の現代性という四本の柱でお話させていただこうと思います。『火車』を読む面白さと同時に、文学を研究していくものとしての自覚のようなものもお話できればと思います。

Ⅰ「私たちが学びたいこと」から

まず、前期に行われた授業のことからお話ししましょう。『火車』についてそれぞれ担当のテーマを決めて発表をしましたが、そのテーマ分けは、都市空間、物語構造、社会問題、家族論、ジェンダーとジェネレイション・文化論、語り・引用、文学場・作家論と多方面に渡りました。それぞれが、非常にユニークな意義深いプレゼンをし、その成果は、「現代のテクスト『火車』」という冊子に形として残されました。『火車』には、ミステリとしての面白さ以外に、その表現方法や、また家族やジェンダー、戸籍やクレッジットの問題など、現代的な視点がありますので、教材としては格好の小説でもあり、それらは授業を成功に導きもしたのですが、一方でいくつかの問題も孕んでいました。この授業では、発表者以外の学生がプレゼンを聞いた上でのコメントを毎回提出したのですが、そのいくつかに、気になるコメントがありました。一つは、作家論の話が出たときの、一部の拒否反応です。そしてもう一つが、社会の、或いは現代の教科書として素晴らしい小説だという意見です。何が問題かといえば、ここには、否が応でも読者、多様な読者の姿が投影されているという点です。私たちは、小説、あるいはテクストを前にしたとき、どのような立場を取るのでしょうか。

Ⅱ　読者の三つの層

私たちは、小説を前にしたとき、どのような読者となりうるのでしょうか。私は三つの層を意識的に考えたいと思っています。その三つとは、①現実の読者、②語り手が語る相手、③モデル読者・理想の読者という三つの層です。まず、「現実の読者」とは、本を手に取って、ページを繰っていく私たち読者のことです。宮部みゆきの愛読者であれば、ネットで大極宮を見たり、作家のサイン会へ出かけてみたりもするでしょう。電車の中で本を開いてみたり、家で寝転がって読んだりする、実体のある読者を指します。次に、「語り手が語る相手」とは、騙され役ともいえます。語り手は、真実を語るわけでなく、自分の語りたいようにしか語りません。語り手は、自分が知っていることしか話さないだろうし、こてこてのイデオロギーに染まっている場合もあります。この語り手に対する聞き手が、この第二の読者になります。物語内の見えない読者ということになるでしょう。作者の存在も知らなければ、本の表紙を見ることなく、タイトルも知らず、二〇〇三年の今を知る由もない。それでも、この読者なくして、語り手は語ることが出来ないわけですから、責任は重大です。『火車』では、語り手として本間という休職中の刑事が選ばれています。この本間の声を素直に聞くのが、第二の読者ということです。そして、第三の「モデル読者・理想の読者」ですが、これが最も重要になります。「現実の読者」の生々しい肉体を捨て、「語り手が語る相手」の素直さを捨て、この二つの上位に位置する読者とでもいいましょうか。もちろん作家の意図なるものをも超えた読者であって、テクストのメッセージを最大限に生かせる読者とも言えます（U・エーコ参照）。

実は、『火車』の読後感は大きく二つに割れています。この小説の結末は本間刑事が探し続けた犯人と思しき女性が発見されるところで終わるのですが、果たしてこの女性が本当に犯人なのか、そもそも犯罪は起こっていたのかすら小説の中では明らかにされないのです。

この結末をめぐっては、「これでいいのだ」と感心する読者と「続きが知りたい」と怒る読者に割れています。何故このような現象が起こるのかといえば、読者の期待がまったく違うところにある、つまり読者の層の違い故なのだと言えるでしょう。『火車』がミステリであるなら、それはミステリに対する期待の地平の問題でもあると言えるでしょう。

宮部みゆき自身は、この結末について次のように言っていました。

「最後まで行って犯人が出てきて終わっちゃう、この仕掛けはタイトルとほとんど同時に思いついたんです。」

「これは一発ネタですから、最後まで読んで怒る人もいるかもしれないというのがあるじゃないですか。私は、探しに探していた人が最後に出てきたところで終わりにするのは仕掛けとして「カッチョいい」と思っていたけれど、「出てきただけで終わりかよ！」って怒られることもあるかもしれない」

（朝日新聞社文芸編集部『まるごと宮部みゆき』朝日新聞社、二〇〇二年八月）

何故怒るのかと考えれば、ミステリとしてのルールが守られていないことに立腹しているのだと想像されます。では、ミステリのルールとは一体何でしょうか。

Ⅲ　話型としてのミステリ

ミステリ、或いはよく言われるところの「本格ミステリ」とは、一体何か。その定義は、実はこの世に存在しません。例えば、「一千億の理想郷」というHPでは、本格ミステリの定義を募集していますが、そこでは次のような定義が提示されます。

「全ての記述が謎の伏線であり、物語の全てのベクトルは謎の解決に向かっている」「〝本格ミステリ〟とは〝謎と説得力のある解決が中心となった（無関係の要素が少ない）作品〟」「平凡でないロジック、またはトリックによって（両方あれば尚よし）、結末の意外性が演出される物語」「提示された謎を論理的推理によって解明することを主眼とする小説のこと。読者への挑戦状が挿入される形式のものを代表格とする。とにかく「いかにも推理小説らしい推理小説」のこと」（埼玉大学推理小説研究会会誌『ミスフィリア』創刊号、一九九九年一一月）「（一）『犯罪もしくはそれに類する事件にまつわる謎を、論理的に解明していくことを主眼とする小説』ですね。で、その必須構成要素としては（二）「魅力的な謎」「必要十分な手がかり」「明快かつ論理的な謎解き」の三点。また、さらに含まれることが望ましい要素としては、（三）「なんらかのトリック」「なんらかのどんでん返し」「論理のアクロバット」「名探偵」ということになりますね」（ＭＡＱ『本格ミステリの〝いま〟』一九九八年七月）などです。

それぞれ説得力がありそうなのですが、ただ、謎の解決ということでいうなら、ミステリに限らず、小説の多くが何某かの謎の解決に向かっているとも言えるでしょう。本格ミステリ、ミステリを万人が納得する言葉で定義することは、このように不可能です。犯罪の有無が唯一のジャンル確定の一石になるかもしれませんが、『火車』においてはそれすらも不明です。

宮部自身は、ミステリの定義について、「私は名探偵物も書いてないいし、かっちりした本格をほとんど書いてない。そういう私なんかが定義するのは僭越なんだけども、自分なりに決めているのは、視点の法則を守ること。視点にブレがなく、誰が本当のことを言って、誰が嘘をついているのか、調べてみなくちゃわからないというルールさえ守っておけば、それは私にとってはミステリだと思う」（前掲書）と言っていますが、これとて、とうていミステリの必要条件とは成りえないでしょう。

では、『火車』はどのように、ミステリとしてのアイデンティティを保つのかといえば、一つには飽きさせない謎の提示という手法が挙げられるでしょう。具体的にいうなら、婚約者の失踪↓動機↓履歴書の嘘↓誰?↓彰子の行方は?↓何故乗っ取ったのか↓何があったのか↓どんな人か?↓名前は?↓残された写真の意味は?↓どのようにしたのか?↓新たな殺人?↓どのように知り合ったのか?↓今どうしているのか?↓新たな殺人の可能性↓喬子は現れるのか?↓語るのか?推測は正しいのか?……ということです。それからもう一つは、現実とのズレです。前期の授業でも、またこの読書運動プロジェクトの講演会でも行われましたが、実際の元刑事さんのお話を伺うことが出来ました。元刑事さんが、『火車』と実際の現場とのずれの話をしてくださいました。細かいところは措くとして、大きく二つのことが指摘されました。それは、「本間刑事が休職中ということはありえない」と、「新城喬子は、私文書偽造でただちに全国指名手配される」という二点です。これは、何を意味するのでしょうか。単に作家の無知ということでは勿論ありません。テクストの望む読者がここに想定されるということなのです。「休職中ということはありえない」にもかかわらず、そのような設定をテクストが望んだのは、死体のないミステリを実現させる為に必要なことだったのかもしれません。また、「私文書偽造で全国指名手配」をさせなかったのは、犯人が簡単に捕まってしまっては困る・罪に問われては困るというテクストの要請だったと考えることも出来ます。理想の読者は、ここから物語を再生することが出来るはずです。同じように、小説の結末もまた理解されなければなりません。

ところで、ミステリを定義することは不可能だとして、タイプを分けることは出来ます。ミステリには二つの型があると言われています。一つは、A・クリスティに代表される「犯人がわからない」型、もう一つは、「刑事コロンボ」に代表される「犯人がわかっている」型です。『火車』の場合、後者にあたりますけれども、実際に事実や真相が〈推測〉でしかないという点で、新しいということが出来ます。そこは、ミステリの型に固執している読者には、不満として表れるところかもしれません。つまり、ミステリであってミステリでない、逸脱のテクスト故に、評価が割れるのだと考えられるのです。

Ⅳ 『火車』の現代性

小説の最後で、本間刑事は今まで三人称を用いて説明してきた喬子に、「きみの物語を聞こう」と突然二人称で語りかけています。喬子は、テクストに不在であるにもかかわらず、その存在感は非常に大きい。書かれていない「きみの物語」である喬子の物語は、私たちの想像力の中で書かれた部分以上に存在感をもつのです。

そもそも殺人犯であった喬子は、何故第二のターゲットとされた木村こずえに、本名を名乗ったのでしょうか。これから殺人を犯そうというのであれば偽名を使っても良さそうなところを喬子は律儀にも本名を名乗りました。小説の始まりは、既に「関根彰子」と名乗っていた喬子は姿を消していたのですから、すると、小説の最初から最後まで、彼女は「新城喬子」として居たということになります。彼女が不在の期間、読者が果たして彼女は誰なのかと詮索をしていたその期間こそ、まさに彼女が本名でいた期間なのだと考えることが出来ます。本名という人間のアイデンティティ、これを剥奪されてしまう寂しさ、こわさを存分に『火車』は表現していますが、同時にアイデンティティなるものの脆さもよく描いています。名前、履歴書、健康保険証、カードなどがいかに本人を証明しないかが、『火車』には繰り返し書かれています。

私はこの小説のキーワードを「看板」と考えています。看板とは、本体を簡単に代表させる媒体のことです。他人の名前を騙るとは、まさに人の看板を盗む所業でしょう。それだけでなく、彰子がカード破産に陥った原因でもある、少しだけ良い生活を満足させるという欲望、蛇の脱皮にも喩えられていましたが、それもまたある意味で看板の塗り替えに過ぎません。外面と本質、表層と実体という問題も「看板」というキーワードから導き出されます。哀しくも怖ろしい空洞化現象を『火車』は取り上げているのです。

もちろん『火車』はより直接的に現代的なテーマを取り上げています。前期の授業でも扱われた「家族」や「クレジット社会」「戸籍法」などです。家族に関しては、本間刑事の子供が養子であったり、働く妻と家事をする夫を登場させたりと、固定の像を破る人物が登場します。血縁や年齢など以上に、関係性を優先させる家族観が提出されていることになります。カード問題にしても、現代の犯罪の多くの背景にあるサラ金による借金苦を先取りするかたちで問題にしています。「チワワにだまされるな！」という弁護士の方の講演にもありましたが、社会構造の中に組み込まれてしまった汚れた経済に、加担するかしないかの自己責任も問われることになります。それはカードを使うとか借金をするという直接的なことではなく、テレビコマーシャルの是非であり、テレビ番組の制作姿勢についてであり、視聴者の選択意識にまで発展する自己責任になります。また、アイデンティティの脆さも、同じく現代的な問題になっています。住基ネットの是非や個人データの流出問題など、私が私であることと、私の看板の扱い方の問題にもなります。

このように見てくるならば、確かに学生の言うとおり、『火車』は現代の教科書に相応しい小説といえるでしょう。そうなのですが、もう一度、理想の読者、モデル読者の立場に立って考えるならば、果たしてテクストは教科書などと言われて嬉しいのだろうか、とも思うのです。教科書というと、タメになることがぎっしり詰まった情報本というイメージと、強制的に読まされるつまらない書物というイメージがあるからでしょう。ミステリに限らず、本はやはり面白くなくては読みたくありませんよね。宮部みゆき特有の比喩表現の多用や、

S・キングばりの物語の運びなど、面白さの由来についても意識的になることが必要とされます。テクストを前にしての「気づき」がとても大切なのです。プレゼンを通して、例えば『火車』では一九八九年が実はとても重要な年であると気づいた学生がいました。本間刑事の妻が交通事故で亡くなった年なのですが、彰子の母親が死んだ年でもあり、喬子が理想の住宅を写真に収めた年であり、最初の殺人を働いた年でもあるのです。また、銀座という都市が重要だと指摘した学生もいます。銀座はカード破産に進む欲望を掻き立てる都市である一方、弁護士事務所のある場でもあり、自己破産という手続きをすることで、救済される都市ともなるからです。繰り返しの読書の中でこそ可能な読みでしょう。それから、現代文学の特徴として、ジャンル混交ということが挙げられています。ミステリであってミステリでない『火車』の魅力もこのあたりにあるのかもしれません。

もちろん、モデル読者は、褒めちぎるばかりの読者でもありません。図らずも露呈してしまった様々な問題点への指摘も重要です。『火車』においては、例えば被害者への関心の薄さや、家族形態には新しさがあったとしても家族意識はより強固にしたのではないかといった問題も指摘できるでしょう。宇宙に涯がないようにモデル読者の立場も無限に膨張し続け、届かぬ位置にあるかもしれません。それでも私たちは、常に三つの読者層を意識しつつ、なるべくモデル読者に近づくよう読みたいと思います。テレビドラマのテープ起こしをした学生が、「本の『火車』が懐かしい」と発言しました。文字テクストは無限の想像力を掻き立てます。いつから読書が始まるのかといえば、店頭にテクストの看板である表紙を見た瞬間からなのではないでしょうか。本を手に取って、感じるところから、読みは始まっているのだということです。これからも大いに読書という経験を重ねていきたいと思っています。

（了）

（二〇〇三年度読書運動プロジェクト　第五回講演会より）

青木淳子の〈吐息〉——『クロスファイア』、『燔祭』の宮部みゆき

文学部教授　三田村雅子

『クロスファイア』の青木淳子は、粗末な下宿、黒い目立たない衣服、ひっつめの髪化粧をしない素顔などで、ひときわ控えめで目立たない存在だが、「水」のある空間を求めてさまよい続ける冒頭のシーンから、すでに印象的である。

たっぷりの水でさえあれば、蚊のわくような、沼地でもかまわない。自宅の洗面器の水を熱湯とするだけではもはや十分とはいえなくなって、行き場を失った力の奔逸を放ちやる場所として彼女が選んだのは、廃工場の巨大水槽だった。水槽の水がどれほど汚れていようと、彼女には問題でない。その全体を一瞬のうちに熱湯にすることで、あふれる力をかろうじて無害化することだけに、彼女の関心は向けられていたからである。

力を隠し、身を潜めて、平凡な日々を淡々と生きることで、静かにおさえつづけ、耐え続けてきた念力放火の力を久方ぶりに放ちやったのが、アベック拉致殺人事件の加害者の青年たちであった。彼女の目の前で、暴行の果てに、瀕死の男を遊ぶように、なぶるように（彼

女の）巨大水槽に沈めようとする青年たちの残虐な行為を、青木淳子は許せない。彼女の髪の一振りで、青年たちは炎に包まれ、燃え尽きてしまうが、一番端にいた主犯格の少年だけがかろうじて炎を免れ、彼女の肩を拳銃で射撃する。

『クロスファイア』の物語は、青木淳子のやむにやまれぬ「正義感」からの炎と、男たちの側からの反撃としての銃の炎が交錯（クロス）する物語なのである。傷ついた肩から血を流しつつ、殺された男の恋人救出のために立ち上がり、青年の行方を探り、恋人を探し出そうと、青木淳子は念力放火による大量殺戮を繰り返し、ハードボイルドな戦さを孤独に戦っていく。しかし、その活劇よりも、むしろ印象的なのは、弱々しい青木淳子の姿が垣間見られることである。

出血多量のため、途中の豆腐屋で道を聞く間に貧血し、倒れてしまって、豆腐屋の母娘に看病されるくだりの庶民的な生活感覚は侮れない細部に満ちている。青木淳子を駆り立ててやまない彼女の超能力の猛々しさ、選ばれた者としての使命感と、それとはうらはらな、背負いかねる能力を負わされた者の疲労感、脱力感、孤独な弱々しさが、ここではなまなましい実感を伴って描かれる。かつては加害少年たちの仲間で心身に深い傷を受け、関係を断っていた豆腐屋の娘とその母と、布団に横になった青木淳子との微妙な共感と連帯の感覚が、警戒や自己防衛を乗り越えてさりげなく胸にしみる。

すべてを成し遂げて、恋人救出に失敗した悲しみを抱えて荒涼たる下宿に帰り、傷の手当てもしないまま眠りにつく青木淳子のひたすらな孤独も胸を打つ。彼女にはかつて超能力とそれを正義のために使いたいという思いを分かってもらえると思った男がいたのだが、それは彼女の錯覚・思い込みに過ぎなかった。そうした彼女の目の前に、超能力の持ち主が現われる。彼女と同じように、力を持つことの孤独と苦しみと哀しみを分かりすぎるほど分かっていた男だった。

小説の最後、彼女が唯一愛したその男、かけがえのない相手としてすべてを許した相手木戸浩一に撃たれて横たわる青木淳子には、豆腐屋で横になっていた時と同じような無力感が漂っている。「最初からお前を殺すための殺し屋でしかなかった」と浩一に告げられた時、淳子は、深く息を吐く。

星空に向かって、淳子は呼気を吐いた。それは白く凍り、ひとかたまりになって　空に消えてゆく。

今のは、淳子のなかの温かな〝恋〟だ。ああ、もうみえなくなってしまった。

淳子の息は これまで相手を焼き殺してしまいかねない激しい武器だった。しかし、今ここで雪の中に横たわり、殺されようとしながら、まだ、淳子は相手を憎むことができない。白くかたまり、空に消えてゆくようなため息をつくのみで、念力放火を放つための激しい憎悪を駆り立てることはできない。

木戸浩一は、実は、彼女を抹殺するためにガーディアン（「正義」を実行するために私刑を行うことを辞さない秘密組織）から派遣された男で、あまりに派手な活躍を見せる青木淳子を抹殺して組織に対する世間の関心をそらそうとするのが目的だった。彼女を河口湖の別荘に誘い、彼女の念力放火の力を奪うように、雪の中で狙撃したのである。残された力を振り絞って男を攻撃しようにも、大量出血した淳子に、男の位置を確認するための、身を起こす力さえ残されてはいない。無力化された青木淳子の痛々しいような弱さが強調される。ここまで裏切られても、男を憎みきれない青木淳子の思いが凍りつくような雪のなかに、むなしく放散される。

淳子はまた目をつぶった。声の聞こえてくる方向に神経を集中することで、二人のいる場所を探るつもりだったが、目尻から涙が流れるのを感じると、あたし、本当はただ泣きたいだけなのかもしれないと思った。

相手を焼き殺すべく、相手の位置を耳で測りながら、淳子はとめどなく流れる涙にそのまま身を任したくなる。ここまで愛して、こうまで無惨に裏切られた自分を哀れむ自己憐憫の涙だ。涙におぼれている限り彼女に浩一は殺せない。瀕死の淳子がどのようにして、その脱力から抜け出し、最後の結末を迎えるかは、お読みいただくしかないが、雪の冷たさの中の激しい炎の奔出が美しい。

この青木淳子が最初に登場したのが、短編『燔祭《はんさい》』で、勤め先の同僚多田一樹の妹が無残に弄ばれて殺され、その犯人らしき人々がほぼ特定されているのに、処罰されないでいるのを見かねた淳子は、自分を「装填された武器」として使ってほしいと多田一樹に提案する。犯人憎しの思いに凝り固まっていた多田は一旦は淳子の提案を受け入れるが、その念力放火をしようとしている現場に居合わせて、尻込みして、引き返し、淳子との関係も絶ってしまう。しかし、淳子の方は犯人の処刑にこだわり、数年後、ついに行方をつきとめて、同乗者ごと車を焼き捨てる。新聞でニュースを知った多田は、これは淳子のしわざに違いないと、その足取りを追いかけ、ついに疲れて家に戻ると、窓際に置いた、妹の形見のろうそくが燃えていた。淳子がつけたのだ。そうに違いないと外に飛び出した一樹に淳子の姿は見えず、ただ、雨の中、靄のようなものが立ち込めているだけだった。

雨のなか。立ち昇る水蒸気。

目をこらすと、そのなかに淳子が立っていた。（略）「新聞を見ててくれて、ありがとう」

ささやくような声が、今は乳白色となり、淳子の姿を覆い隠してしまった靄の向こう側から聞こえてきた。

「さよなら、ね」

一樹は前に飛び出した。が、靄のなかに腕をさしのべても、そこには誰もいなかった。

熱い蒸気が身体を包み込んだだけだった。


熱い蒸気とは、満たされない淳子の吐息に他ならない。分かってもらえない孤独を抱えたまま、雨の中にたちすくみ、ろうそくに火をともすことでしか思いを吐露できない淳子の哀れさが際立つ、印象深い短編であった。

雪の中に倒れた淳子の吐息、雨の中、一樹に別れを告げに来た時の暑い靄のようなため息、この二つは青木淳子という控えめで、激しい女の思いを語りかける媒体となっている。この二作は宮部みゆきの数多い作品の中で、例外的な恋物語で、分かり合えない男女のすれ違い、または分かり過ぎて続けられない恋がせつない。二作とも、恋の舞台がいずれも「パラレル」という名のカフェバーであることも、二人の男女の平行して交われない恋の行方を暗示していよう。

（二〇〇三年度　読書運動通信より）

あとがき

フェリス女学院は、一八七〇年創立の女子教育機関です。大学の開設は一九六五年で、現在は横浜市の山手と緑園都市のキャンパスで約二七〇〇名の学生が学んでいます。

二〇〇一年五月、緑園キャンパスに図書館が新築オープンしました。キャンパスの中央に位置し、誰しもが立ち寄ってみたくなる居心地の良い図書館は、人気のスポットになりました。

その年の秋、図書館運営委員の一人が紹介した一つの新聞記事が発端で、本学の読書運動プロジェクトは立ち上がりました。その記事は、アメリカのシカゴ市の公共図書館の読書運動を紹介しており、一冊の本を選び、関連の講演会や読書会などのイベントを行なって市民に読むことを薦め、さまざまな民族や価値観を持つ複雑な社会において、市民の共通理解を図ることに成功したというものでした。おりしもＩＴ化が進むなか、若者の国語力低下が叫ばれ、小学校での朝の読書時間が注目を浴びるなど、社会全体が「読書」に目を向け始めている時でした。それまで大学のカリキュラム支援重視で運営してきた図書館でしたが、むしろこれこそが今図書館たるもののやるべきことだとかつてない熱気に包まれ、多くの図書館運営委員が情熱をもって運動の立ち上げに取り組んでいきました。

試行錯誤の準備期間を経て、二〇〇二年四月よりプロジェクトがスタートしました。その手法の核になったのは、シカゴ市の例に倣い、毎年一冊の本を選び、それをテーマとして各種のイベントを行って読書にいざなうこと、学生メンバーを中心に教員・職員を含めたプロジェクトチームが運営していくものとすることでした。さしあたって二〇〇二年度については図書館運営委員会がテーマを選定し、メンバーとなる学生を集めてスタートを切りました。「フェリスの一冊の本」として当時世界の注目を集めていたアフガニスタンに関する本を選び、図書館のメインフロアにプロジェクトのコーナーを設け、関連図書を網羅的に購入して展示しました。テーマの切り口はエリアスタディ的なものになり、歴史や社会情勢、文化、音楽、映画など、実に幅広い内容で盛りだくさんのイベントを実施しました。しかし、しだいに学生たちの動きがにぶくなりました。読書は好きだけれど今年のテーマは楽しめない、私たちはもっと「読書」を楽しみたい、そんな雰囲気がただよい始めました。

このことを踏まえて翌年の二〇〇三年度は、宮部みゆきの『火車』を選びました。この作品は、ミステリー小説としての面白さはもちろんのこと、社会性のある深いテーマを持っています。小説としての読みだけでなく、現代社会を読み解くテクストとしても非常に興味深く、元刑事さんや弁護士さんの講演会などを行って多くの関心をひきつけました。講演会はたいへん好評で、さらなる読書への誘発に大きく結びつきました。『火車』に限らず宮部みゆきの本は、猛烈に貸出回数を重ねて擦り切れるほど読まれ、プロジェクトの手応えが感じられるようになりました。大学らしい学際的な読書推進活動が当初のイメージとして強かったのですが、もともとイベントは目的ではなく手段ですから、読書の楽しさが伝わればおのずと良い結果が出るのだということを実感しました。学生メンバーも非常に活発に活動を展開し、自分たちの力で朗読演奏会を企画実行しました。そして、その積極性から授業連携までもが可能となったのです。

二〇〇三年度より、本学では「私たちが学びたいこと」という科目が開講されました。これは、学生が授業のテーマを提案し、採用されるとそのテーマに沿った授業が半期開講されるというものです。当時の読書運動の学生メンバーが、二〇〇三年度の読書運動テーマである宮部みゆきを読む授業を提案したところ、これが採用され「宮部みゆきに現代を見る」が開講されることとなりました。それまでは若い現代作家の、しかもミステリー作品が単独で授業に取り上げられたことはなく、非常に新鮮で数多くの学生をひきつけました。カリキュラムとしては、基礎教養総合課題科目に位置付けられており、学部学科にかかわらず多くの学生が受講することができました。

学生たちは図書館で宮部作品を借りてたっぷり読書を楽しみ、読書運動の企画に参加することで、テーマの背景、周辺に関する知識を得、さらには授業によってより幅広い視点からの読みを深めることができたでしょう。まさに本の世界の面白さと奥の深さを堪能することができたにちがいありません。そして、そのことは受講生のレポートに色濃く反映されました。講師の安藤公美先生は、授業シラバスの中で「犯罪心理や良識、経済感覚や強弱者の問題、ジェンダーや世代論など、〈今〉を生きる者としてバランスのとれた視点の獲得」を掲げておられましたが、先生のご指導の下で学生たちはみごとに自分自身の視点を獲得し、深い読みをレポートに結実させました。

こうした連携によって「もっと読みたい」という学生の読書欲が高まり、それは「読みたい本が無い」という訴えとなって現れてきました。そこで、二〇〇三年の年末に読みたい作家のアンケートを行い、二〇〇四年度から「私たちの〈今〉を読む」という文庫コーナーを開設しました。それはいまや数千冊の本を集める人気の読書コーナーとなり、常に毎月の貸出ランキングの上位を独占するようになりました。

しかし、読書運動の成果は必ずしも貸出冊数の増加だけで計れるものではありません。計ることはできなくても、本を読んだことは心の糧となり人を育んでいきます。このレポート集は読書を通じた学生の内面の成長を見ることができる大きな成果です。

（附属図書館事務室長　加藤庸子）

大学生『火車』を読む
フェリス女学院大学の挑戦 2

発行　二〇〇九年三月三一日　初版一刷
定価　一八〇〇円＋税

著者　©フェリス女学院大学附属図書館
〒二四五―八六五一
神奈川県横浜市泉区緑園四―五―三
Tel.045-812-6999 Fax.045-812-9772

発行者　松本功
印刷・製本所　株式会社シナノ
発行所　株式会社ひつじ書房
〒一一二―〇〇一一
東京都文京区千石二―一―二 大和ビル二階
Tel. 03-5319-4916 Fax. 03-5319-4917
郵便振替 00120-8-142852
toiawase@hituzi.co.jp http://www.hituzi.co.jp/

ISBN978-4-89476-434-7 C0000

社会人・学生のための情報検索入門
味岡美豊子著　定価二五二〇円

進化する図書館
進化する図書館へ
進化する図書館の会編　定価六三〇円

進化する図書館
税金を使う図書館から税金を作る図書館へ
松本功著　定価九四五円

進化する図書館
都立図書館は進化する有機体である
二〇一〇年の都立図書館を描く
ライブラリーマネジメント研究会編著　定価一〇五〇円

A Conceptual Modeling Approach to Design of Catalogs and Cataloging Rules
谷口祥一著　定価一七八五〇円

探検！ことばの世界
大津由紀雄著　イラスト早乙女民　定価一六八〇円

ことばに魅せられて　対話篇
大津由紀雄著　イラスト早乙女民　定価一六八〇円

ことばの世界への旅立ち　10代からの言語学
大津由紀雄編　定価一五七五円

ことばの世界への旅立ち2　10代からの言語学
大津由紀雄編　定価一三六五円

ひつじ市民新書

市民の日本語　NPOの可能性とコミュニケーション

加藤哲夫著　定価七三〇円

新しい社会を作り出していく為には、新しいコミュニケーション方法が生み出されなければならない。市民の新しいコミュニケーション、マネージメントの技法を考える一冊。個人間コミュニケーションから社会的コミュニケーションの変革へ。日本語について考えるすべての人へおくる本。

ひつじ市民新書

市民教育とは何か　ボランティア学習がひらく

長沼豊著　定価七三〇円

ボランティアについて学校で教えられている。しかし、生徒に対する単なる徳目教育になっていないだろうか。基本的には、何をするかを自分たちで決めるところから、はじまるのではないか。市民社会は、参加する市民によって成り立つ。そのための教育について考える。